憂患に生き生き生きる

中島幸子

JDC

はじめに

税理士事務所を開業して早30年。事務所経営の傍ら、毎月一話づつ書き続けてきたエッセイ「ちょっと一言」も来年には30年目に突入します。これを機に、ＪＤＣ出版さんに4冊目の本をB6サイズで出していただくことになりました。

身の回りで起きた些細な出来事を綴った「ちょっと一言」ですが、今回は「仕事と経営」を中心にまとめています。

最近、年配の読者の方から「体の不調に悶々としていましたが、このエッセイを読んで少し吹っ切れました」とか「いつまでも若々しく、不死身の精神力で着々と前進してこられていますね」などの感想をいただくことがあります。

いえいえ、私自身、年齢とともに体だけでなく、精神力の衰えを実感する昨今です。仕事をしていれば、まして経営者となると、悩ましいことだらけです。それから逃げるのではなく、受け入れ、力にすることが、「生き生き生きる」コツではないかと思い至り、タイトルを「憂患に 生き生き生きる」としました。

「女性活躍社会」など、ほど遠い時代に子供を育てながらも働き続けて50年超です。仕事も経営も「ちょっと一言」も長く続けて来られたことが、この出版につながったと思うと、ちょっと誇らしい気分です。

この本が、ちょっとでも皆様のお役にたてば幸いです。

中島幸子

憂患に　生き生き生きる

――「ちょっと一言」三十年

―― 目次 ――

第三章 「おもてなし」のこころを再考――ハムエッグモーニングを食べに行こう

第四章 人間対人間で仕事をする――「山より大きい猪は出ん」のです

終　章　楽な道は棘の道——修羅場で笑ってこそ

第一章

憂患に 生き生き生きる

――経営者の生き抜く力

1. 財を遺すは下、事業を遺すは中、人を遺すは上なり

財を遺すは下
事業を遺すは中
人を遺すは上なり
されど財をなさずんば
事業保ち難く
事業なくんば
人育ち難し

ある人から頂戴した封筒に書かれた言葉です。

5～6年前、就業規則作成研修会で、「会社の目的は利益を追求することだ。当社は販売会社だが、営業マンは利益さえ出してくれれば何をしてもよいと思っている。そんな考えを反映させた就業規則をつくりたいのだが……」というある経営者の発言に違和感を覚えたことを思い出します。とは言え、「社員は利益を出すための単なる道具ではないはず」と反発しても、社員について経営者は、さてどう考えればよいのかあの時は答えることができなかった状態でした。

最近になりやっと「人は社会の財産であり、その財産を経営を通じてつくり、育て上げるのが経営者の使命で、そのために事業を発展させ、利益を出していくのだ」という私なりの答えを掴んだのですが、その直後に冒頭に掲げた言葉に出会いました。

名言だと強く心に響いた次第です。

2. 「覚悟」は経営者にとって大切な気構え

「覚悟」とは、辞書では「以前の過ちをさとり知る」とか「あきらめる」とあります。一方で、「避けられないことや良くない結果を予想し心の準備をしておくこと」との記載もあります。

宇宙飛行士を選ぶまでが2009年3月にNHKで放送されました。パイロット4人、医師2人、科学者・技術者4人、計10人が難関審査を経て、最終2人を選抜する審査に臨みます。7日間、24時間監視カメラで課題への取り組み方や生活ぶりがチェックされます。

関心を持ったのはチェック項目です。一つ目は「リーダーシップ」心を癒すロボットを5人組で作ります。二つ目は「ストレス耐性」折り紙で鶴を100羽折る課題が与えられます。三つ目は「場を和ませる力」、四つ目は「緊急対応能力」です。

そして最後の五つ目は何だと思われますか。最後は「覚悟!」でした。宇宙から帰還した人の中には身体がボロボロになった人もいます。ひょっとしたら地球に還って来れないこともあるかもしれません。そんなことも含め、「覚悟」をどれだけしているか、夢を追う人間の強さを「覚悟」という言葉で測るのでしょうね。

ところで、経営者になって私も今年で20年です。「どんなときでも会社を維持し発展させる責任」が経営者には必要だと言われています。確かに、ここ数年、経営者の責任として、このことは私の腹にドンと落ちています。ただ腹に落とすには「事務所の全責任は経営者である私自身にある」という覚悟が必要なのです。

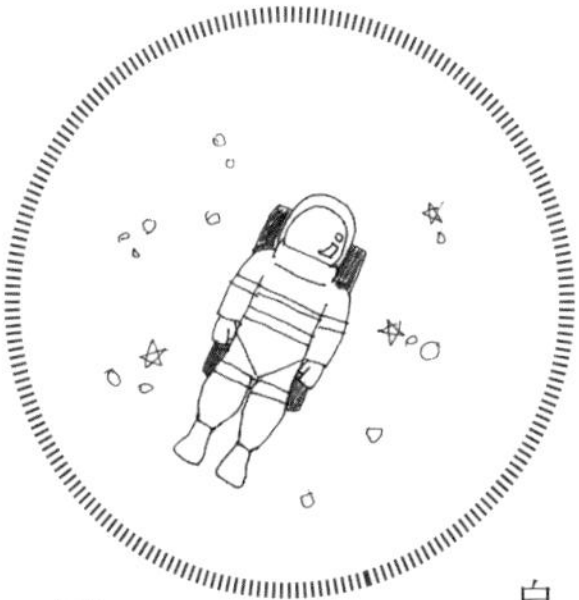

振り返ると事務所を設立した当初は全くその覚悟が出来ていなかった自分を感じています。具合が悪ければ景気のせい、他人のせいです。やっと覚悟らしいものが芽生え、経営者の責任が腹に落ち出したのが10年ほど経った頃でしょうか。そしてドンと腹に落ちたと感じることが出来たのは、そのまた数年後です。

宇宙飛行士にとって大切な「覚悟」は、経営者にとっても大切な気構えだと痛感している次第です。

3. 売る前のお世辞より、売ったあとの奉仕

無理に売るな、客の好むものを売るな、
客のためになるものを売れ

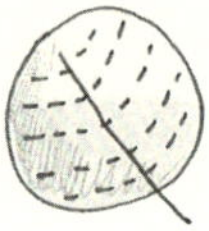

「三方よし」で知られる近江商人の商売十訓の一つです。

月一回開催する事務所の全体ミーティングは、私の20分間スピーチからスタートします。仕事に対する姿勢・目標達成・所内コミュニケーション・マナーなど、話の内容はいろいろです。最近多いテーマは、仕事に対する姿勢やお客様との関係についてです。

「中小企業経営の発展に貢献する」との当所経営理念のもと、「お客様のために」「お客様に喜んでいただきたい」との思いで皆仕事をしてくれています。ただ、「お客様のために」と「お客様に喜んでいただく」とは違います。その違いをどう説明すればよいか、探していたときに見つけたのが冒頭の言葉です。

当所では、決算の3ヵ月前から売上・利益・納税の予測額を算出し、お客様にご提示

するようにしています。お客様にとって好決算で多額の利益が出るのはうれしいのですが、反面、納税額も多くなり「節税策を提案して欲しい」とご要望をいただくことがあります。

ただ、ここで気を付けねばならないのは、目先の税額を減らす節税策は、キャッシュフローを悪くしてしまうことが多いのが特徴です。「お客様に喜んでもらいたいという一心で提案したことが、実はお客様のためになっていない場合が結構あります。単にお客様が喜んでくださるからというのではなく、お客様のためになるものを提案していきましょう」と話しています。

それにしても、近江商人の商売十訓には今更ながら教えられます。

「三番目の『売る前のお世辞より売った後の奉仕、これこそ永遠の客をつくる』後フォローの大切さを学びました」とは朝礼スピーチでのEの発言です。

そして、私の胸には十番目の次の言葉も強烈に響きます。

「商売には好況、不況はない、いずれにしても儲けねばならない」

4. 何かと比較するのが、数字を読むコツ

「その数字を何かと比較する」というのが数字を読むコツの一つにあります。

「当社の今期の売上は1億円です」と言われても、それが良いのか悪いのかピンとこないものです。同じ1億円でも粗利率の低い卸売業と高いサービス業では良し悪しが異なります。こんなときは同業他社と比べます。また前年同月で比べると「あっ、昨年は9，500万円だったのに、伸びてきている。うれしい！」となります。そして最も大事な比較は「対目標」です。自ら掲げた目標に一歩及んでいないなら、何が足りなかったのか、お客様訪問をさぼっていたのか、価格設定に問題があったのか、などなどを検討する必要があります。

さてさて、今回は数字のお勉強から入ってしまいました。数字を説明するには「なにかと比較する」という手法が一番分かりやすいことを再確認したからです。

「法人実効税率が下がりました。利益をしっかり上げている大法人は、大きな減税になります……」そんな税制の講演会の中で、あるＩＴ企業が１，２００億円

もの税金を圧縮し、国と裁判で争ったことを取りあげることにしました。でも聞き手は全く税金・税制のことをご存じない方ばかりです。こんな話をしても面白くもなく1，200億円といっても、それがどの位大きな金額なのかピンとこない方も多いのでは、と取り上げることに迷いが出ました。

ところが、ちょうど良いニュースが連日テレビで流れてきます。オリンピックの新国立競技場建設費のことです。計画では1，300億円だったのが2，520億円と、約1，200億円の増額にまでなり、その見通しの甘さが問題になりました。かのIT企業が圧縮した税額とほぼ同額です。「これこれ！　比較するものが出てきた」と早速取り上げることにしました。

「1，200億円増えたことで連日わぁわぁ報道され、一国の総理大臣が白紙撤回の記者会見までしました。片や同じ1，200億円でもIT企業の問題は一部業界雑誌には載っても、一般国民の見るニュースではほとんど取り上げられなかったのです。裁判上で勝った負けたという問題以前に超一流企業が、こんな大きな税額を圧縮するのは、社会的責任の観点から見てどうなのでしょう」と訴えました。皆さんいかが思われますか。

ちょっと分かりやすい話になったと自画自賛している次第です。

5. 「経営理念」とは、企業の存在意義や経営姿勢、価値判断の基準となるもの

「経営理念」とは企業の存在意義や経営姿勢、価値判断の基準となるものです。経営する上でなくてはならないものと思っているのですが「経営理念で飯《めし》が食えるのか?」との声を耳にすることがあります。

焼き鳥店を多店舗経営しているG社は、年明け早々ハワイ店をオープンさせました。

社長のM氏は長年の夢をかなえるため、日本のスタッフと方針、計画を練り上げ、現地に乗り込みました。

スタートに際し、一番力を入れたのは、現地スタッフへの理念の浸透です。ところがです。経営理念の話をし始めたところ、スタッフ全員キョトンとしていました。それもそのはず、18人中、日本人は3人だけです。アメリカ人、中国人、日系人、白人もいれば黒人もいます。その上、タトゥー（刺青）を腕にほどこした

ません。

若者も多種多様です。勿論、理念なんて聞いたこともありません。

G社の経営理念である**「人の喜びを我が喜びとしよう」**という考え方も全く理解できない人達ばかりです。

①お客様に喜んでいただくことの大切さ、②笑顔で接客することの大切さ、③お客様へのサービスはチップを得るためではないことなど、3日間、徹底的に話をしました。

研修を受けないと店に出してもらえないため仕方なく受講していた現地スタッフも、3日目には顔つきが変わり、目が輝いてきたと言います。

オープンして2ヵ月が過ぎましたが、連日満席で地元紙の評価も高く、特にサービスの項目は☆☆☆☆(4つ星が最高)です。

「このことで、日本のスタッフも育ってきました。理念が人を育ててくれたのです。店も大盛況です。理念の浸透から入ったことが良かったんですねー」とのM社長の喜びの声に、経営理念の重要性を再確認しました。

6. 全体を見て細部に入る

財務諸表の見方

P／L（損益計算書）ではまず、経常利益を見て、売上、売上総利益（粗利）、そして販管費（人件費・交際費などの経費）と見ていきます。とかく経費に目が行きがちですが、経費を見るのはそのあとです。B／S（貸借対照表）も、まず純資産、総資本を見て、流動資産、固定資産、負債と移ります。

まず儲かっている会社なのか（経常利益、純資産）、規模（売上高、総資産）はどの程度かを把握して（森）、お金は回っているのか（流動比率）、ムダなお金の使い方になっていないか（木）を見ていくのです。

「木を見て森を見ない」という言葉がありますが、森はどの程度の大きさで、どんな形なのかを見てから、木を見るという順番が大事です。

以下はUの朝礼スピーチです。

「住宅ローンのことでB銀行の営業マンと既に4回会っています。初回は有給を使って平日に訪問しました。『平日はダメなので』と断っていましたが、次回のスケジュールを決める際、『次回はいつ来てもらえますか』と平日に来て欲しい旨を匂わせてきます。妻のみで対応したり、何とかやり繰りしているのですが、『次はご主人に来てもらいたいですが、いつ来れるでしょうか』と毎回聞いてくるのです。『まず、最初にトータルのスケジュールを示し、そのうち何回来れますか、と聞いてくることが必要では。最初は1～2回ですむものと思っていました』とクレームを出してしまいました。私たちの仕事もそうですが、まず全体を示し、その後、細部を詰めていくことが大切だと実感しました」

まさに、その通りです。「他山の石」としたいですね。

7.「倒産企業」の十ヵ条

（1）社長が55才以上
（2）社内コミュニケーションが少ない
（3）データ報告が遅い
（4）良い点が10個以上出ない
（5）優しい人が出世する（衝突、軋轢を回避）
（6）職場が汚い
（7）来客に挨拶しない
（8）横文字で話す
（9）上司に年賀状を必ず出す
（10）社長、創業者の銅像がある

企業再生のプロ達が、あるテレビ番組で語った「倒産企

業の十ヵ条」です。「?」と思う点もあるのですが多くは「なるほど」とうなずく項目です。

7～8年前に、ある製造業を訪問したときのことです。約束の午後1時に10分早く到着しました。入口のすぐそばにある応接コーナーで社長と話をしていると、3～4人の社員が1時丁度に昼食から帰って来ました。昼休みの雰囲気を残し、談笑しながら入って来たのですが、社長の来客に会釈もありません。全員チラッとこちらを見ただけで悠然と横を通り過ぎて行くではありませんか。よく見ると、机の上は書類の山、一杯になったゴミ袋は3つも4つもころがっていて、いつ掃除をしたのかという汚さでした。

その会社が倒産したという噂を耳にしたのは、私が訪問してから一年経つか経たないかという頃でした。

ところで、上記の（1）と（9）は当所にも当てはまる項目です。どう致しましょうか。

8. お客さまを大切にする本当の意味

「なんとかなるやろ」中華料理店オーナー店長Nさんは、直前までそう思っていました。あそこまで厳しく取り締るとも予想していませんでした。「路上駐車禁止」のことです。

その店長が「これではいけない」と動き出したのは、次の二つのことに遭遇したことがきっかけです。

その一つは、6月1日の改正道路交通法が施行される前日のことです。毎日昼食を食べに来て下さっているAさんから「店長もうお別れやなぁ」としんみり挨拶されたのです。何のことかと思っていると「明日から車を止める場所がないから食べに来られへん」と本当に残念そうに言われてしまいました。

さて、6月1日のことです。いつも店の前に車を止めているBさんが、今日も食事に来てくれています。「車はどうされました」と聞くとBさんは「うん、スーパーRの駐車場に止めて来たわ」とこともなげに言うのです。N店長は、ビックリしました。スーパーRから中華料理店まで片道ゆうに10分は、かかります。往復20分以上も使って当店まで来て下さるお客様に、N店長は感動しました。と同時に「これは、何とかせなあかん」と思いました。

そのあとの行動は迅速です。不動産屋に飛び込み、運良く空いていた5台分の駐車場をまずは確保しました。

それでもお客様に駐車してもらえる様になったのは、6月10日でしたが、店の前に貼り出した駐車場の地図を見て、「もうお別れや」と残念がっていたAさんも早速来てくれました。

「Aさんは『店長、ありがとう!』いうて手をにぎってくれたんです。こちらの方が礼を言わないかんのに、アベコベです。でも今回のことで、お客様を大切にする本当の意味が分かりました」としみじみ語るN店長の目にうっすら涙が光っていました。

9. 自らやろうと決めたものは「目標」になる

「利益を出し続ける会社の特徴」が話題になることがあります。「まずはリーダーだ」「営業力があること」「組織力も必要だ」「経営理念が明確でないと……」などなどと、いろいろ意見が出てきますが、「目標達成力がある会社」も大きな特徴ではないかと考えています。

H工業のA社長は若い頃より「掲げた目標はやり遂げること」を胸に刻み営業マンとして活躍してきました。

「朝、営業に出かける時、今日は10社回ろうと自分で目標を掲げます。誰に指示されたのでも、誰に褒められるのでもないのですが、やり切るまで帰らないぞと言い聞かせて出かけるのです。

やれ！　と命令されたものはノルマですが自らこれだけやろうと決めたものは目標です。

あと1～2社残したところで暗くなり、会社に戻りたくなったこともあるのですが、自ら立てた目標だからと踏ん張ることができました。

若い頃に『目標は必ず達成させる』との姿勢をもてたことは大変良かったです。もちろん社長になってからも貫いています。この体質が私個人だけでなく会社全体に広がって来たのがH工業の今日につながってきたのかもしれませんね。経営計画書を作り、方針・目標を掲げていますが、やり遂げないと、目標を達成しないと、と強く思っています」

さてさて、ここで我が事務所をみてみると「目標まであと一歩足りない」年が続いている状況です。

「目標は達成させるためにある」と固く決意をし「今年こそ、全ての事務所目標を達成させねば」と心新たにしている今日この頃です。

10. 社長と奥様の姿あればこそ

S社のT社長は、33歳のとき仮枠解体業を始めました。もう32年になります。

仮枠解体業とは、ビルを造るときコンクリートを流し込むために組み立てられた木枠を解体する仕事です。肉体的にきついうえ、危険とも隣り合わせとなります。

先日も、ある現場で大工さんが脚立から転落し死亡するという事故が発生しました。この現場ではすでに3件の事故が発生しています。各社の経営者が全員集められ、事故防止の会議が開かれました。

「事故が起きるのは、作業にかかり出したときや休憩時間が近いときが多い。気の緩み、集中力の欠如についての対策を講じていないから、こんなことになるのだ。うちは大丈夫だが今一度点検しておこう」とT社長はこれを機により気を引き締めました。

「うちは大丈夫だが」とT社長が思ったのには常日頃から次の三点を現場対策として

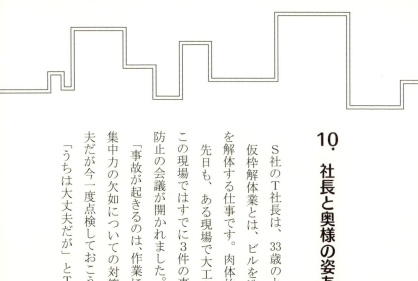

社内で徹底しているからです。

一つ目は社内で良い人間関係を築いておき、気の合うもの同士でグループを作り現場を任せることです。

二つ目は、現場には常に30分は早く到着し、余裕を持って仕事を始められるようにします。

三つ目、作業中に気が緩まないよう、互いに大きい声で声を掛け合うことです。

そして、現場で社員が良い仕事をする為、次の3点も厳しく言っています。
①挨拶（現場入り時の挨拶、集合時・帰宅時の挨拶を大きな声で）
②道具の後始末（道具の中身の点検、道具入れのフタをしっかり閉じているか、など）
③身だしなみ（作業服のボタンをきちっと留める、汚れたものを着ない、など）
全員素直に実行してくれているから事故がなく、高い評価を得ているS社になったのだとT社長はつくづく思っています。

ただ、こんなS社になってきたのも、厳しくとも社員を大事に思い、毎日、午前3時半には起床し、5時半の社員集合に備えているT社長と奥様の姿があればこそです。

11 中島税理士事務所のビジョン

10年ほど前の話です。一人の所員からこんなことを言われました。

「ぼくは、この事務所に永く勤めたいと思っています。ということは、この事務所に人生をかけるということです。でも、この事務所には5年計画があってもビジョンがありません。

10年先、15年先この

中島税理士事務所のビジョン

中島税理士事務所のビジョンは**「日本一最高の事務所」**を創ることである。

日本一最高になるためには、次の条件が満たされなければならない。

一つ目は、**「５０年以上の存続」**であり

二つ目は、**「１００人以上の人員」**である。

そして最高の事務所とは

一、経営理念が事務所全体に浸透し、全員がその実現のため努力していること。

＜経営理念＞

一、中小企業経営の発展に貢献する

一、事務所を成長・朗働の場とする。

一、社会から信頼される事務所にする。

二、常に成長・進歩していることである。

「経営理念」と「進歩」を両輪とする日本一最高の事務所創りを目指し、全所一丸となって邁進しよう。

平成11年7月3日

所長　中島幸子

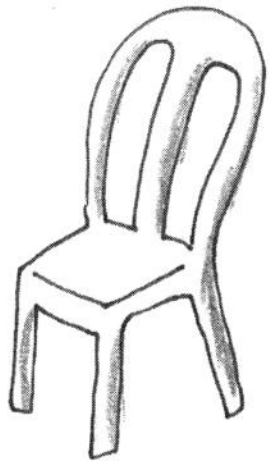

事務所がどうなっているのか分からなかったら、不安でしかたがないし、夢も持ちたいのです。人生をかけ得る事務所にする為、所長から、ビジョンを出してほしいです」

当時5年計画があれば十分と思っていた私は、ビックリです。と同時に、この事務所に人生をかけたいと言ってくれたことはうれしくもあり、しっかり受け止めねばと思ったのです。

事務所を設立した当時、大きくするというより多くの人と一緒に仕事がしたいと漠然と思っていました。ところが、その人達の夢や人生まで考えが及んでいませんでした。そこまで責任を持つのが経営者なのかと、その時やっと気づいたのです。

ビジョンとは「未来についての展望」です。

せっかくなら、10年や15年先ではなく、50年先のものをということで描きあげたものが右のビジョンです。

毎年、一歩でも二歩でも近づきたいと、以前にもまして思いが募ってきている今日この頃です。

12. 私の「経営者の心得」

〈経営者の心得〉
・経営理念の実現に真摯に取り組むこと
・ビジョンに毎年一歩でも近づく努力をしていること
・全ての責任は自分にあるとの覚悟をすること
・所員を信頼し、自分も共に育つ努力をすること
・衆智専断（広く意見を聴き、自分自身で決断する）
・熟慮断行（よく考えるが、やる時には断じて実行する）
・全てのことに粘り強く取り組むこと

11月1日で事務所設立丸20年となります。

スタート時4人だった所員も23人にも増え、「売上高と人数が合っていない」と言いながらも20年が経ちました。

今日まで何とかやってこれたのは、お客様をはじめご支援いただいた方々のお陰ですが、一緒に歩んでくれた所員には感謝、感謝です。

イラチ、不器用、素直と自分自身の良い所も悪い所も心得、何とか立派な経営者になろうと悪戦苦闘してきた20年でもありました。

数々の失敗の中、2～3年前にやっと「経営者の心得」を作りました。

＊＊＊

最後の「全てのことに粘り強く取り組むこと」は、イラチ（短気）でちょっとしたことにカチンときて切れやすい、経営者として最悪の性格を意識して書き入れました。

半年に一度「管理職の心構え」とともにこの「経営者の心得」でチェックしてもらっています。「衆智専断は、広く意見を聴き自分自身で決断するとなっていますが、所長は意見を聴く前に既にご自分で決めておられますが……」との痛い意見をもらってしまいました。

もう一度、心得を腹に落とし直し、21年目の新しいスタートを切らねばと思っています。

13. 憂患に生き、安楽に死す

人間は、心配事があれば緊張して生き抜かねばならないと努力するが、安楽にふけっていると緊張が緩み早く死んだりすることもあるものだ、という諺です。

先日、経営の勉強会で悩みを語り合う機会がありました。私の番になった時、司会者から「中島さんでも悩みがあるのですか」と言われ「当然ありますよ」と反論したことを思い出します。経営者の悩みを聞き、相談にのる仕事をしているのだから、自社の経営の悩みぐらいは自分で簡単に解決できているのだろうとの思いでの司会者の発言になったのでしょう。

ところがなかなかそうはいきません。ここ1～2年の日記を

読み返してみても、「悩み」という字が頻繁に出てきます。ただ、以前と違うのは「悩み」や「しんどい」ことを、前進、成長の糧と考え、少しはうまく付き合っていけるようになったことです。

そう言えば、ある心理学者の次のような実験の話を読んだことがあります。１００人の人間を50人ずつのグループに分け、半年間生活させせました。片方のグループには願い通りのことが叶う生活をさせ、もう一方のグループには、何をしても都合の悪くなる条件の暮らしをさせたらどうなるかという実験です。するとと、願い通りの生活をしているグループは、昼も夜もなくうたた寝をし、都合の悪くなる条件で暮らしているグループはどうすればうまく行くのか、皆で相談するなどして却って生き生きしているという結果が出たとのことです。

経営者なら「憂患に生きる」のが当然だということですね。

第二章

ご縁を大切にしとくなはれや

——お客さまとの縁・社員との縁

1. ご縁だっせ

10月より、今まで使っていた会議室兼応接室を大家さんにお返しし、同じビルの5階に移ることになりました（会議室のみで事務所は今まで通り3階です）。

会議室が狭い為、決算書の読み方講座などでは、お客様に窮屈な中で勉強していただいており、所内ミーティングも定員12～13人の部屋に20人も入り、なんとかやり繰りしていました。ところが、この夏、２人の新入所員を迎え、もはや、この会議室では開催できない状態になっています。

そんなときです。「会議室にしては、ちょっと広いけど5階の一室が空いていますよ」との情報を大家さんからいただきました。でも、30坪近くあります。会議室にしたら、ちょっと広いどころではありません。お値段も張るでしょう。「先行きを考えると、こんなぜいたくが許されるはずはない」と思い「2～3日考えさせて下さい」とお返事してその場は終わりました。

そういえば、独立開業しようと事務所を探していたときも同じようなことがあったのを思い出しました。

①お客様に来ていただきやすい便利な場所　②明るく、お客様が安心して、相談話ができるスペースがあり　③それでいて家賃も安い　という事務所を探していました。

ある日、駅の近くに、新築のビルが建っているとの情報を耳にし、出かけてみました。ビルの前で、男性2人がビルを見上げています。ご年配の方の男性が「このビルの者ですが、よかったら見てください。案内しますよ」とおっしゃるのです。見せてくださったお部屋は、私の要望を満たす申し分ないものでしたが、考えていた家賃とは相当開きがあります。

お断りをして帰ろうとした時、その男性が、こんなことをおっしゃったのです。

「これもご縁だっせ。私はこのビルの所有者ですが、たまたまエレベーターの調子が悪いと聞いたんで見に来て、中島さんにお会いしたんや。このご縁を大事にしとくなはれや。家賃のことやったら相談にのりますよ」

翌日もう一度、社長にお会いし、無理もお願いし、それからずっと松屋ビルさんにお世話になっています。

あれから16年。「ご縁だっせ」が「チャンスだっせ」と言われていると思い、このたびも決断しました。

ということで、5階の部屋は会議室だけではなく、研修室としても使えるように、また多くのお客様に来やすく、安心してお話していただけるスペースに、と考えています。

2.「意識の共通化」はこれから

「成長、誠実、スピード」は当所が目指す所風です。これを「3S」と名打って、5カ年計画書にも書き込んでいます。

ある日、3Sの一つであるスピードについてお客様よりクレームがありました。そこで所風の3Sを「スピード、成長、誠実」に変更しなければと思い立ちました。早速、翌日の朝礼で、当所の所風3Sを変更しようと思う旨を話した後、「ところで、みんなよく分かっていると思うけど3Sって何だったかな?」と念のため聞いてみました。簡単に「3Sは成長、誠実、スピードです」との答えが返ってくると思っていました。

ところがです。「成長、え〜と」「成長、誠実……?」みんなこんな具合です。覚えていたのはたったの1人だけでした。ショックです。覚えやすいように3つに絞ったうえ頭を〝S〟に揃えたのですが、こんな工夫も何の役にも立っていなかったのです。どうやら経営者の自己満足で終わっていたようです。こうなったのは作っただけで徹底させる努力を怠った私の責任です。その日のうちに右のものを壁に張り、翌朝礼から全員で毎日唱和することから始めています。

組織は、

「情報の共有化」

「知識の共通化」

「意識の共通化」

が大事だと言われています。

当所の「意識の共通化」はこれからが本番です。

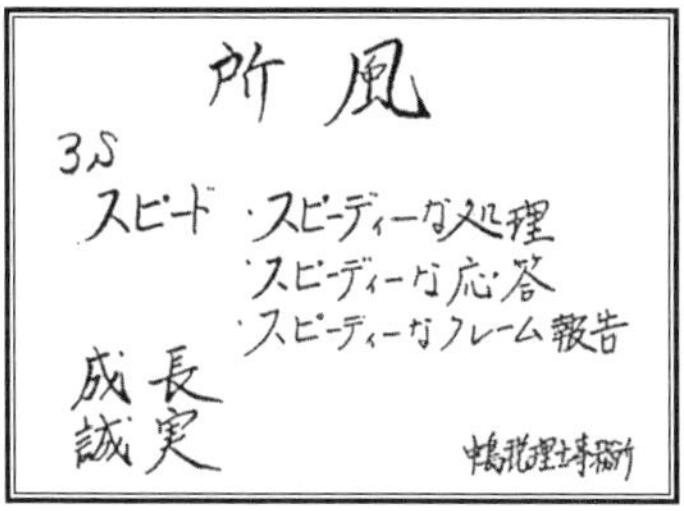

3. 誇りを持って自らの仕事を子供に語る

所員Kの朝礼でのスピーチです。

「毎晩、10歳の息子と一緒に寝ながら、いろいろ話をするようにしています。ある晩、息子から『お父さんはN総合会計で働いているけど、どんな仕事をしているの』と聞かれました。『会社の社長さんの相談に乗ったり、税金の計算をしたりしてるんや』と言うと、『税金って何?』と返ってきました。『道路や橋を造ったり学校を建てたりと、皆が安心して生活ができるように、少しずつ集めているお金が税金で国の収入や』と、何とか10歳の子供用に説明しました。その数日後、息子が『ニュースで会社のことや税金のこと、放送してたよ』と話をしてくれました。私たちの仕事は形のないものだけに説明が難しかったのですが、父親が大事な仕事をしていると少しは分かってくれたようで、嬉しかったです」

ここ数年、税理士になりたいという人が激減しています。平成24年に4万8千人いた受験者が、毎年3千人ずつ減り、とうとう平成28年には3万5千人に落ち込んでしまいました。少子化やＩＴの発達による将来性の不安、試験がむつかしい割に収入が少ない、などの理由が影響しているようです。ただ、減ったもう一つ理由に「チャレンジ精神に欠ける人、無気力な人が増えているため」との意見があり、気になるところです。

この傾向は求人にも現れています。専門学校主催の合同説明会に出展しても、就職希望者数より出展ブースの数のほうが多いなんて現象が出ています。さてさて、どうすればよいのか、頭の痛い問題ですねー。

所員には、誇りを持って自らの仕事を子供たちに語ってもらいたいと思っています。

親たちのそんな姿が、子供の仕事への気力を育ませ、チャレンジ精神を養わせていくスタートではとＫのスピーチを聞き感じている次第です。

4. 記念日プロジェクト

「所員の健康な心身、家族（等）が誇れる事務所づくり」を趣旨として、記念日プロジェクトを今年1月立ち上げました。

妻（夫）・親・子供の誕生日や結婚記念日など大切な人の記念日を共に祝うものです。実行手順は、①全員に予め、記念日、受贈者、記念日の内容を登録してもらう ②記念日には、定時で帰ることのできるよう本人が工夫すると共に、周りの者も支援する ③記念品代や食事代の一部（三千円まで）を事務所で負担する、などと取り決めスタートさせました。

もちろん私も参加です。「記念日・11月2日、受贈者・夫、記念日の内容・結婚記念日の前夜祭、備考・お肉を食べに行きます」と登録しました。結婚記念日と言っても44回目です。若い頃はプレゼントをしたり、ワインを買ったり、とお祝いをしていたのですが、ここ数年、いえいえ、もっと前から11月3日＝文化の日＝休日のみで、結婚記念日との意識は全くないあり様でした。そんな中での記念日プロジェクトです。「お互い不満はあっても、44年も続いたのですから今年はお祝いすることにしましょう。事務所から3，000円負担してもらえるので、張り込んでステーキを食べに行くことにしましょう」との合意を夫と交わしました。

さてさて、久し振りです。夫と待ち合わせて結婚記念日をお祝いするなんて。胃の負担になるからとしばらく敬遠していたステーキを食べるのも。これを機に、気持ちを新たに50年（金婚式）に向け、お互い元気にやっていこうとの話もできました。

所内での記念日の内容の一位は、妻（夫）や子供の誕生日で、二位が自分たち及び両親の結婚記念日です。中には「母が長年勤めた職場を退職する日」や「子供が就職のため家を出る旅立ちの日」もあります。

アンケートによると皆さん喜んでくださったとのこと。人生の節目となる記念日をこんな形で共有できる喜びを噛み締めています。

5. 9は「永久（九）」に通じる

「会計事務所が他の会社に混じってビジネス展になんか出して、どんな効果があるのでしょうね」なんて不思議がられながらも年2～3回、展示会に出しています。

N総合会計を多くの方に知っていただきたい、あわよくば当所のお客様になっていただきたい、との思いで事務所を挙げて取り組んでいます。

この6月にも出展しました。100以上のブースが並ぶなか、我がブースはどの場所になるのか、気になるところです。今回は出口近くになったため、「場所が悪いなあ」とスタッフからつい嘆きの声が漏れてしまいました。

とはいえ、よく見ると小間ブース番号が「99」ではないですか。「9」は私にとってのラッキーナンバーです。

実は、24年前、現事務所をオープンしたとき、NTTの営業マンに「電話番号は3995ですか。9は『苦しい』に通じているので、商売される方には嫌われるのです。それが2つも続いていますねー」と言われました。ところがです。そんなことを言っていた営業マンが取ってきたＦＡＸ番号は、なんと５１９９でした。「9が苦しいに通じるなら９９で苦しい苦しいかー。でも大いに結構！　受けて立ってやろうじゃないの」と、オープン時の苦しい時を開き直って乗り越えてきた経験があります。

それ以来、当所の電話番号は６７６３―３９９５、ＦＡＸ番号は６７６３―５１９９です（１９９3年9月号に掲載）。

さて、その数年後です。初めて携帯電話を購入したとき、下4桁が、またまた「４９９７」となり、少々驚きました。よほど「９９」に縁があるのですねー。

でも、この時は「9は『永久（九）』に通じると言い、縁起の良い数字ですよ」とある方が言ってくださったのを思い出しました。そこからでしょうか。9は私のラッキーナンバーだと思うようになったのは。その後、携帯電話を買い換えても、この番号を引き継いでいます。

今回のブース番号９９も、永久（9）に永久（9）に続く事務所になるために授けてくださった番号、商売繁盛の番号と信じている次第です。

6. 本当の成功者は、やる気がない時でもやる

税理士試験まで　19週

「やる気のあるときなら誰でもできる
本当の成功者は　やる気のないときでもやる」
（ドクター・フィル）

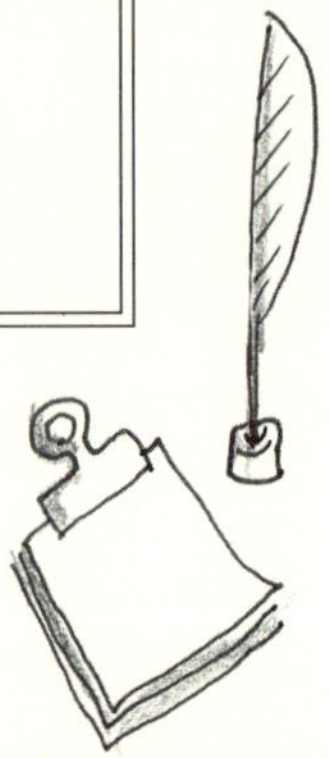

わが事務所の玄関横に貼り出されているものです。オフィス改善委員会のメンバーTが、受験者向けに毎週著名人の名言・格言を貼り替えてくれています。

「前進」「一歩一歩」「着実に」などの言葉で、仕事と勉強の両立に悩む者た

ちを鼓舞してくれています。

特に上記の名言は、受験体験者の私が大いに納得した言葉です。やる気の出ないときの克服法には「目標を下げてみる」とか「勉強方法を変えてみる」というのがあります。それも一つですが、やる気がない中でもとりあえず、引き続き毎日勉強し続けることが必要です。暗記条文が頭に入らないときは、コーヒーでも飲んで気分転換した後にまた再開します。やる気があるときも無いときも、頭に入るときも入らないときも勿論あります。大事なことは、毎日少しでもやり続けるクセをつけることです。

今月の「ちょっと一言」で313号、27年目に入りました。毎月の発行ですが、一度も遅れたことがないのが私の自慢です。楽しく書けたときもありますが、正直、気が乗らず、うんうん唸りながら書いたこともあります。「今やる気がないから、やる気が出るまでお休み」なんて言っていたら、「ちょっと一言」は数年で終わっていたでしょうね。やる気がないときも、ネタに苦しむときも、まずは原稿用紙を机に出して、書き出してみることにしています。

さてさて、事務所の皆には試験本番で、この名言・格言を自分のものとして成果を出してほしいと願っているのですが……。

7. 「徹底」とは、「すみずみまで十分ゆきわたること」

笑　顔　　徹底　　福が来る
あいさつ　徹底　　人が来る
掃　除　　徹底　　仕事来る
仕　事　　徹底　　お客来る
サービス　徹底　　お客つく

徹底すれば突き抜けて、
見えないものが見えてくる

ある方からこんな言葉を書いた紙をいただきました。早速ミーティングで全員にこの言葉を書いた紙を配り、「この中で我が事務所で徹底できていることってあるかしら」と聞いてみました。すると「お客様のお迎え・お見送りは、全員立ち上がってしていますから、挨拶だけは徹底してできているのではないでしょうか」との答えが返ってきました。

一つだけでも、できていると思えるものがあったのにはホッとしましたが、他はまだまだというところです。

さて、「徹底」とは、辞書には「すみずみまで十分ゆきわたること」とあります。

３Ｓ（整理・整頓・清掃）の励行を徹底されているY社長から、「中島さん、会社の中で整理整頓が徹底してできているかどうかの目安は、工場では工具類が60秒以内、事務所では必要な書類が６秒以内で出せるということです。当社もこれを目標にしています」と教えていただきました。

この件の当所の徹底ぶりはというと「早いときで15秒、遅いときなら書類を出すために半日もかかってしまいます」とのことです。まだまだ、まだまだですねえ。

３Ｓを徹底して６秒以内で書類を出せるようにするにはどうすれば良いか、いま皆で考え、改善している途上です。

8．気軽に来ていただき、安心して相談していただき、気持ちよく帰っていただきたい

「気軽に来ていただき、安心して相談でき、気持よく帰っていただく」

当所のお客様接遇コンセプトです。この気持を表現しようと、お客様が来所されたときお帰りになるときは、立ってご挨拶しています。時々、「全員が立って挨拶してもらうのはいいのだけれど、帰るときはせかされているようなので来所のときだけにしたら」とか、逆に「事務所に入った途端立って挨拶されると圧倒されるので、帰るときだけにされたらどうですか」「いや、立って挨拶をするのは大変よいこと、続けてくださいね」など、いろいろご感想をいただきます。

ミーティングでその都度検討したのですが「やはり立ってのご挨拶が一番」との結論で来られたときも帰られるときも立ってご挨拶をしています。

ところで、最近ある所員から「当所はお客様には丁寧だけれど、お客様以外の人（郵便局、宅配便、お弁当屋さんなど）に対する挨拶は声が小さいのでは。立ってまでは必要ないが、もう少し大きい声で『ごくろうさま』と皆で言おうじゃないか」という意見が出されました。

もっともなことです。気持よく帰っていただくのはお客様だけでなく、当所に来て下さった人全員です。ご縁がなかったセールスの人にもねぎらいの一言が必要でしょう。

宅急便を運んでくれた人の「ありがとうございました」の声は、心なしか大きく弾んで聞こえました。

9. 一人ひとりに心を込めてコメント

12月9日は賞与日でした。少ない乍ら何とか支給できたことにホッとします。

振込みが定着している昨今、賞与だけは現金です。封筒の名前も手書き（筆で書くときもあります）にし、新券を入れています。

午後4時30分からしきゅう式（支給式）です。外出している者もこの時間までに帰所し、全員集合して始まります。

まず業績報告し、この程度しか出せなかった理由を説明します。いよいよ一人ずつ手渡していくのですが、経営者の私からコメントが入ります。

「○○さんは、良く学び良く仕事をし、いらんことを一切言わないで成果を出す人です。当所に入ってきてもらったのは、この業界を目指す動機に私が感銘を受けたからです。中小企業のため、お客様のためにという気持ちをますます高め、今後も頑張って欲しいです」

「明るく、声が大きいのは○○さんのセールスポイントです。それでいて繊細でよく気がつく方です。以前よりちょっと笑い声を聞くことが少なくなっているのが残念です。これからも大いにセールスポイントを活かして欲しいです」

こんなコメントを2時間かけて事前に22名分用意します。「褒める」「激励する」「感謝する」というコメントを準備する嬉しい仕事ですが、これが意外と難しいのです。

気をつけていることは、

①一人ひとり、常日頃から関心を持って見ていること

②各人の近況や、具体的なエピソードを取り入れること

③前回のコメントと重複しないこと

（一度「去年と同じコメントでした」と後で言われたことがあります）

一人ひとりに心を込めてコメントしていたら、この日も終了まで50分かかりました。

そして、来年こそはアップ出来るよう、皆で頑張ろうと誓って締めくくった次第です。

10 テッセイの挨拶は、仕事力を高め、チーム力を高める

我がマンションのエレベーター内でのこと。

小学3～4年生の男の子が元気よく「おはようございます」と挨拶してくれました。「大きな声で挨拶してくれてありがとう」「うん、僕な、挨拶番長言われてんねん」「りっぱ、りっぱ」と気持ちよい会話を交わしての出勤です。

そんな会話が頭に残っていたからでしょうか、わが事務所の挨拶が気に入りません。声が小さい、お出迎え・お見送りがモタついているなどなどです。そこで早速、私からの一言です。『挨拶日本一を目指そう』という意識はどうなっているのでしょう。お客様のお迎え・お見送りの挨拶、業者さんに対する挨拶、出かけるとき・帰ってきたときの挨拶、しっかり声を出していきましょう」

ところでJR東日本テクノハート（通称テッセイ）の仕事力をご存知でしょうか。新幹線車両の清掃を業務とする会社で、「仕事力」「チーム力」

のすばらしさが、テレビや本で紹介されています。その仕事振りの中でも特に「挨拶」が賞賛の的となっているのです。

新幹線が東京駅で折り返す、わずかな時間（7分間）に清掃を完璧に終えるのですが、新幹線がホームに入ってきたときは全員整列一礼してお迎えします。降りてくるお客様には「お疲れ様でした」とご挨拶します。清掃を終え、乗車を待っていたお客様には「お待たせしました」と一礼します。お客様からゴミを受け取る時は、忙しくても「ありがとうございます」の言葉は欠かしません。まさに「挨拶に始まり挨拶に終わる」で、「清掃の会社」というより「おもてなしの会社」へと変化し、海外からも視察に訪れるとのことです。

そんなテッセイの挨拶は仕事力を高め、チーム力を高めるお手本ですが、当所も「挨拶日本一を目指そう」との気持ちを忘れず、さわやかに心を込めて取り組んでいきたいです。

11 大企業で培った力を、中小企業の人財に

大企業を中途で退職した方を、中小企業に紹介する事業を展開している企業があります。面白いのは単に紹介するだけでなく、中小企業に送り出すまでの期間、大企業から中小企業に意識を切り換える研修をしていることです。

その企業内の紹介コンサルタントをしているAさんと、こんな会話をしたことがあります。

私　「大企業で働いていた人が、中小企業で適応するのは、なかなか難しいと聞いていますが……」

Aさん「確かに難しいです。ただ移られる方の意識も以前と違い、かなり改善され、続いておられる方の比率が高くなっています。続くだけでなく、人財として活躍しておられる方も多いですよ」

私　「なるほど。では、その活躍しておられる方に共通する点はどんなところでしょう」

Aさん「そうですねー。そういう方は、まず謙虚ですね。私達と話をしている物腰から違

います。前職での肩書は捨てておられますね。続かない人ほど、又転職先がみつからない人ほど、前職での給料や肩書にこだわりがあります。研修では、口をすっぱくして注意しますが、なかなか払拭できません。又、就職できても大企業でのやり方をそのまま中小企業に持ち込んでしまう人がいますが、それでは反発が出ます。それとじっくりと回りの状況を把握し、謙虚に人の意見を聞く人が成功します。それとけっして社長より前へ出てはいけないことも肝に命じておかねばならないでしょう。

二つ目は前向きな人です。謙虚であることと、何もしないで引っ込んでいることは違います。マイナスの状況も前向きにとらえ、ねばり強く行動していくことができる人ですね。

最後は、安定感のある人です。エネルギッシュに仕事をするかと思ったら、くたびれて休んでしまったりする、山もあるけど谷もあるという人はダメですね。常に一定以上のレベルの仕事ができる人が、安定感のある人です。大企業から中小企業に移り活躍しておられる方の共通点です」

中小企業は、まだまだ人財不足です。是非右記の3つをクリアーするとともに、大企業で培った力を発揮し、中小企業の人財になってもらいたいものです。

12. 中小企業経営者が最後の砦

街を歩いていると「アレッ?」と思うことに時々遭遇します。

梅田の近くを歩いていたときです。コンビニから飛び出して来た若い女性とぶつかりそうになりました。「アッ、ごめんなさい」と謝ったのは直進していた私の方です。相手はというと、謝るどころか、なんと舌打ちするではありませんか。驚きました。思わず振り返って、その若い女性の後姿を唖然として、しばし見てしまいました。腹が立つというより悲しくなりました。そして心配です「日本は大丈夫か」と。

最近、日本の未来を担ってくれるはずの若者達の自己中

心的な振るまい、人の気持ちや相手の立場を考えない言動、礼儀知らずで行儀の悪い態度に接する機会が増えて来ています。「衣食足りて礼節を知る」と言いますが「衣食足りて礼節を知らず」にこの国はなって来たと思うのは私だけでしょうか。

ついつい嘆き節が出てしまいました。嘆いてばかりでは何も改善されません。そこで思い出したのは、ある中小企業経営者の言葉です。

「子供達を躾け、教育していかねばならない家庭や学校の力が弱っています。働く人々の8割を預かっている私達中小企業の経営者が、最後の砦として教育していかねばならないのです。それが我々経営者の使命なのです」

重たい言葉ですが、真摯に受け止めねばならないと思う次第です。

第三章

「おもてなし」のこころを再考

——ハムエッグモーニングを食べに行こう

1. 想像以上、期待以上の気遣いが〝おもてなし〟

40歳になる息子曰く、

「小学生の頃やから、30年も昔のことや。当時仲の良かったY君のお母さんが、お昼にマクドナルドへ連れて行ってくれはった。マクドは大人気で、行列してやっと買えたと思ったのに、Y君が買ったばかりのマックシェイクをバッシャンと全部ひっくり返してしもたんや。ところがその頃のマクドはすごかった。店員さんがサッと来て、２人がかりで綺麗に掃除をし、真新しいマックシェイクを持って来て、『ハイどうぞ』と笑顔で渡してくれたんや。子供心に『スゴイ！』と感動したことを覚えている。

今は、売上が激減し赤字らしい。原因は商品開発が遅れたからとか、

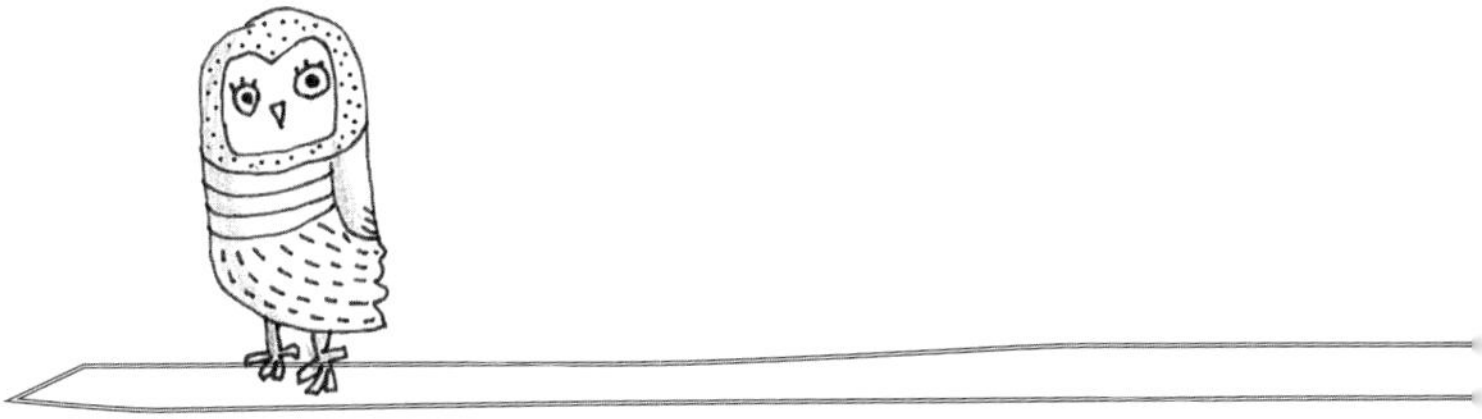

ＦＣ化を進めすぎたからとか、いろいろ言われているけど、最大の原因は『おもてなしの心』がなくなってきたからやと僕は思っている。昔は『スマイルゼロ円運動』があり、子供をも感動させる『おもてなしの心』があったから、あれだけの人気を維持し続けたのではと思ってるんや」

子供の頃、のんびりした息子だったのですが、良い感性を身につけてくれていました。

「おもてなし」とは「持て成し」の丁寧語で、お客様を大事に扱うという意味です。「サービス」がお客様にとって想定内のものなら、お客様にとって想像以上・期待以上の気遣いを「おもてなし」と言います。

息子との会話の後、企業における「おもてなしの心」の重要性を改めて感じています。

当所でも昨年度よりおもてなし委員会が発足しています。そのおもてなし委員会の今年度の目標は「おもてなし企業になるためチャレンジ！」です。共に追求して行かねば、と思っている次第です。

2. ミスをしたあと、誰でも弁解したくなる、が

〈情景1〉

朝の喫茶店で、隣の紳士がウエイターに声をかけました。

「おい、たのんでいたコーヒーまだかね」

「あっ、すいません」

1分後、そのウエイター、コーヒーを出しながら、

「すいませんでした。忘れていました!」

大きな声で、明快にあやまっている姿を見てつい、ほほえんでしまいました。

〈情景2〉

ある会合でのこと。

仕事をみんなで分担する際、Aさんが「これは大事なことなのでやらないといかんと十分分かっているんですよ。クドクドクドクド……でも今、仕事がこんなにあって、あれがありこれがあり、クドクドクドクド……」と話し出しました。

結局は仕事を分担されても出来ませんよという説明なのですが、みんなうんざりした顔をしています。Aさんのくどい弁解はいつものことです。

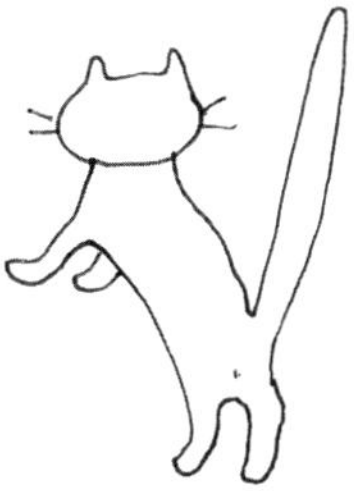

ミスをした後、やるべきことが出来ない場合、誰でも弁解したくなります。

ただ、なぜミスをしたか、どうして出来ないのかという説明は必要ですが、弁解は無用です。

説明とは、事実をありのままに簡潔に相手に伝えることですが、弁解は自分を有利な立場に置くことを意図して、事実を大げさに、又は歪めて必要以上のことを話すことです。

どんなに弁解しても、「ミスをした」「やらない」「出来なかった」という結果は動かし様のない事実なのですからいさぎよくいきたいものですね。

3. クレームを前むきに捉えて

近所の喫茶店でモーニングを食べるのが、日曜日の私のささやかな楽しみです。最近よく行くI喫茶はスーパーの地下にあるテーブル8個の小さな店です。I喫茶の売りはサイフォンで立てた美味しいコーヒーとトースト・卵・マカロニサラダで400円のモーニングでしょう。スーパーでの買い物の前後にちょっと立ち寄るお客さんが増えて来ています。

その日は昼前に家を出なければならない用事が控えていたため、夫を置いて一人で10時すぎにI喫茶に入りました。ところが、開店して10分も経っていないのに店内は満席です。なのに、アルバイト君が、たった一人で厨房とテーブルを行き来して奮闘しているではないですか。モーニングを注文したのですが、いやな予感が頭をよぎりました。

待つこと20分。トーストとサラダが運ばれて来ました。「卵とコーヒーはもうちょっと待ってくださいね」とのことです。店の雰囲気が変り出したのは、この時あたりからでしょうか。周りのお客さんがヒソヒソとボヤき出したのです。「どないなってんの、この店は」「なんぼなんでも遅すぎるわ」「卵、いま茹でているらしいよ」。

そんな声を聞きながら、私もイラ立ち始めました。それから待つこと10分。やっと10時半過ぎにもう一人のアルバイト女性の出勤です。まだコーヒーも卵も出て来ません。限界です。私の怒りが爆発しました。「急ぐので、もうけっこう。店長に2人体制にしてもらうよう言っておきなさい。そうしないとお客様に迷惑かかってしまうよ」と言い残して帰って来てしまいました。

「ぐちらない　おこらない　くたびれない」との決意をしたばかりなのに早速、怒ってしまいました。ところがです。本気で怒ったのがよかったのでしょう。一週間後にI喫茶に出かけた夫がこんなことを言うのです。「店の責任者らしい人が、『奥さんに申し訳ないことをしました』と僕に丁重にあやまりに来られたよ。あのあと店内で会議をして10時からの2人体制とモーニングサービスの30分間の延長を決めたらしい。あんたから怒られたことが、かなり応えたようや」。

クレームを前向きに捉え改めてくれたことで、前以上にI喫茶が気に入りました。次の日曜日には、ハムエッグモーニングを食べに行こうと思っているところです。

4. 店員さん接客力アレコレ

今回は店員さん接客力アレコレです。

ゴールデンウィークのある日、デパートに娘と買い物に出かけました。Uサイズ（少し大きめサイズ）売り場でブラウスを買って、カフェでお茶を飲み、食器売り場で箸置きを購入、その後はお楽しみのすし屋での夕食というコースです。

買い物はいつも「あの店でこれを買おう」と目的を持って出かけます。イラチのせいか出かけた限り必ず数点まとめて購入してしまいます。

その日は休日の為、来店客が多く、いつもの店員さんが接客中です。新人らしき店員さんにアレコレこちらの希望を言っても要領を得ない上に「お客様のサイズは何号でしょうか」と聞くのです。思わず「おたくのお店に顧客カードはないのですか、先月も3枚カードで購入したんですよ」と言ってしまいました。何も買わずに帰ろうとした時です。接客中だったベテラン店員さんが「中島様、申し訳ありません。中島様は〇号で、ご希望のものは今置い

てないのですが、こんな感じはいかがでしょう」と来てくれたのです。

結局、ベテラン店員さんの接客振りがよかったのでしょう、ブラウスを４枚も購入してしまいました。

夕食に入ったおすし屋さん。娘も私もにぎりが好物、その上２人とも大食家です。大いにお腹は満足したのですが、現金が少し足りません。クレジットカードを使うことにしました。

レジではまたまた若い男の店員さん、大きな声で「では暗証番号をおっしゃって下さい」と言うではありませんか。「えっ」と驚いて振り返るとレジを待っている人、席を待っている人が数人います。「声を出して暗証番号なんて言えませんよ」「じゃあ、署名にされますか」「当然です。今まで支払いの時、暗証番号を聞かれたことはないですよ」とつい文句を言ってしまいました。

イヤハヤ、店員さんの接客力、そのレベルはまちまちですが、お客さんに買い物の楽しさを提供し、満足して帰っていただき、また来たいと思ってもらえる接客力を期待したいです。

5. 一見《いちげん》の客を一生の顧客に

今愛用している腕時計の文字盤が外れてしまったTさんは、日本橋のある時計屋に飛び込みました。

Tさん　「すみません。文字盤のこの部分が外れてしまったのですが、ちょっと接着剤で付けてもらえませんか」

店　主　「（時計を見もしないで）２週間かかりますよ。代金は1，８００円です」

Tさん　「えっ！　そんなに日数がかかるのですか」

店　主　「裏から全部バラさないと修理できないからね。何ならよその店へ行ってもらってもいいですよ。シロウトは簡単にできると思ってるだろうけどね……」

Tさん　「もう結構です」

客の持参した時計を見もしないで、簡単に納期と代金を決めてしまったこの店主にTさんは怒りを通り越して呆れてしまいました。

物が売れない時代にお客様の気持を考えない、一見の客を大切にしない商売が続くはずがありません。

「一見の客を一生の顧客にする」

怒りがおさまった後、「良い勉強をした」とつくづく感じたTさんでした。

6. ちょっとした差が大きな差に

「何故、こんなに人気があるのかしら?」と思ってしまう喫茶店が家の近くにあります。我が家では日曜日ごと用事がない限り、揃ってモーニングを食べに出かけます。ところが、店に着いてもすぐに中に入れないのです。常に満席で、番号札を持ったお客さんが店前で、5~6組、席が空くのを待っている状態です。先日の日曜日は、寒風吹き荒ぶ寒い朝でした。さすがに待っているお客さんは少なかったのですが、それでも私たちの前に2組待っています。「こんなにまでしてどうしてこのお店に来るのかしら? ほかにもモーニングをしている喫茶店ない訳じゃなし、特別変わったところがある訳でもなし」と、帰りながら話し合ったことがあります。

夫　「家から10分かかるが、公園の中を歩いていくので散歩になるね。

それと店長がしっかりしているし、ウェイトレスさんの感じもまあまあいいね」

息子「490円にしては、ロールパン、ハムエッグ、キャベツサラダ、ふかし芋、コーヒーで内容がまあまあいいよ」

娘「待ち時間も15分程度で、我慢出来ないこともないし、待っている人のために表にベンチを置いてくれているのも感じがいいね」

私「誕生月にハガキが来て、コーヒーサービスしますというのもうれしいね。店内も割りにきれいで、家族づれが行きやすいという雰囲気もあるしね」

総合すると、とりたてて「これ」という決め手はないのです。ただ、ほんのちょっとした差が集まって、他と大きい差になってしまっているようです。そのちょっとしたことを店長がやり切っていることが長年の人気店として、このお店を維持している要因ではという結論に達しました。

きっと、今度の日曜日も、コートを着てあのお店にモーニングを食べに出かけていることでしょう!!

7. 楽しみをはぐらかされたのでは……

マニュアル通りの接客サービスの悪い例として、マクドナルドの話がよく出されます。ハンバーガー20個も買いに来た人に「お持ち帰りでしょうか、こちらでお召し上がりでしょうか」と聞く話です。

先日、イタリアンレストランで夫と息子と三人で食事をしたときの話です。スパゲティを中心に何品か注文しました。当然生ビールもです。

ウェイトレスさん
「注文を繰り返します。スパゲティ……ですね。
それでお飲み物はいつお持ちしましょうか？」

私「えっ！」

夫「最初に持って来てください」

イヤー、ビールは真っ先に、というのが常識だと思っていたので、つい絶句してしまいました。息子いわく「だからこの店は繁盛していない」。

ところでその続きです。テーブルに運ばれて来たジョッキーは2個「もう一つは少々お待ち下さい」でも、なかなか来ないのです。先に来たビールはすでに泡が消えているではないですか。お皿を持ってきたときに思わず「お皿よりビールです」と言ってしまいました。

またまた息子いわく「だからこの店は客が来ない」。

この店のマニュアルでは、飲み物を運ぶタイミングを聞きなさいと書いているのでしょうか、同じ飲み物でも、ビールとコーヒーの飲み方が違うことを教えていないようです。

夏の夜、食事の直前に喉越しで味わうビールの美味しさは格別ですが、その楽しみをはぐらかされたのでは、お客さんは二度と足を運んでくれませんね。

8. こういうのを「事なかれ主義」という

喫茶店で一人、コーヒーを飲みながら小説を読むのが私の唯一の趣味です。飲み物はホットコーヒー（アメリカン）です。紅茶に代わることもありますが、必ず温かいものです。

その日も買ったばかりの本を手に、ある喫茶店に入りました。「ご注文は何になさいますか」「アメリカンコーヒー」と言いかけて、ふとテーブル上のメニューを見ると、カップに盛り上がるように白と茶色の渦を描いたカフェオレの写真が目に飛び込んできました。

咄嗟に「カフェオレ下さい！」と注文をしてしまいました。ちょっとワクワクです。

さて数分後、「お待たせしました。カフェオレです」とテーブルに置かれたものを見てギョッとしました。氷がいっぱい入ったアイスオーレです。

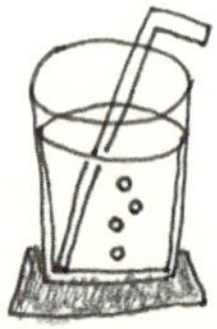

「私このカフェオレを頼んだんだけど」とメニューを指したところ「ああ、ホットオーレでしたか」とシャーシャーとのたまうではありませんか。「何でしたらお取替えしますけど……」としぶしぶ言い出したとき、「じゃあ、替えてください」と言えないのが私の弱いところです。結局「まぁ、これでいいわ」とアイスオーレで我慢してしまったのです。

いけませんねー。冷たい飲み物は水・お茶とビール以外飲まない私です。半分も飲まずにその喫茶店を出て来てしまいましたが、頭の中は先ほどのウェイトレスさんに対する不満でいっぱいです。「ホットかアイスか聞くのが当たり前や」「あの人一言も謝らなかった」「ホットカフェオレの写真を見て注文しているんやから、アイスなんてあり得ないやろ」などなどです。

そうなんです。「お取替えしますけど」と言ったとき、「お願いします！」と言うべきでした。目先のことを波風立てずに切り抜けても、いつまでも不満や怒りを相手に感じていたのではかえって良くありません。

「こういうのを『事なかれ主義』というんやなぁ」と苦々しく思いながら、帰路についた次第です。

9. 地域のお店は、長続きしてほしい

「喫茶店」「カフェ」「イートイン店舗」……お茶を飲みながら軽食がとれるお店がいろいろあります。今回のお話は、買ったパンを飲み物と共に店内で食べさせてくれるB店が舞台です。

我が家の夫は、家から5分のパン屋さんへモーニングを食べに行くことを日課にしています。特にパンが美味しいとかサービスが良いとかいうわけではなく、近い、安い、ゆっくりできる、という点で利用していました。

ある日曜日、久し振りにバスに乗り二人で大仙公園に出かけることにしました。バス停前のB店でモーニングを食べた後、バスで公園に移動しました。公園内の図書館をのぞき、池の周りを半周し、家に帰り着いたときには午後2時を過ぎていました。久しぶりの外出で少々疲れはしましたが、良い気分転換になりました。ところが、しばらくして夫が「カード入れがない」と言い出したのです。どこで紛失し

たのか見当もつきません。運よくキャッシュカードは入れておらず、スーパーなどのポイントカードと健康保険証が入っているのみです。ただ、健康保険証は悪用される場合もあり、警察署に届けることにしました。

それから3～4日経った頃です。夜遅く帰宅した私に「今日の夕方、B店の店長が健康保険証とカード入れを届けてくれた」と言うではないですか。どうやらB店で落としていたらしく、保険証に記載された住所を頼りに届けに来てくださったのです。2日前にも来てくださったのですが留守だったため、出直したとのことです。夫も私も感激です。さっそく翌朝、お礼のイチゴを持って夫はモーニングを食べに行きました。毎朝、どこの誰とも分からず、話をすることもない客とお店の方々との関係ですが、ちょっとした心のふれあいを感じさせてもらった出来事でした。

そのB店が6月末日で閉店となりました。私も日曜日のたびにB店でパンをかじりながら本を読むひと時を楽しみにしていただけに残念です。「結構、流行ってたのになー。これから朝どうしよう。楽しみが一つ減ったなー」夫にとって、なくてはならない店だったのかもしれません。地域におけるお店は住民の生活に密着しているだけに、長く存在してもらいたいものです。

10.「損して得取れ」の小さなカフェ

大阪西成区に「天下茶屋」という町があります。いたって大衆的な町です。

太閤天下（豊臣秀吉）が住吉神社にお参りする道中、この地の茶屋で休憩をしたことからついた地名で、駅は南海電鉄と地下鉄の接続駅になっています。

付近にはパン屋さん、たこ焼き屋さん、本屋さん、お菓子屋さんにカフェなどが立ち並んでいます。南海から地下鉄、地下鉄から南海へ至る時、どこかの店に立ち寄るのが私の日課となっています。中でもご贔屓はカフェです。11のカウンター席と小さなテーブルが2つあるだけの店です。その小さな店が、何回転しているのかしら、と思わせる繁盛振りです。

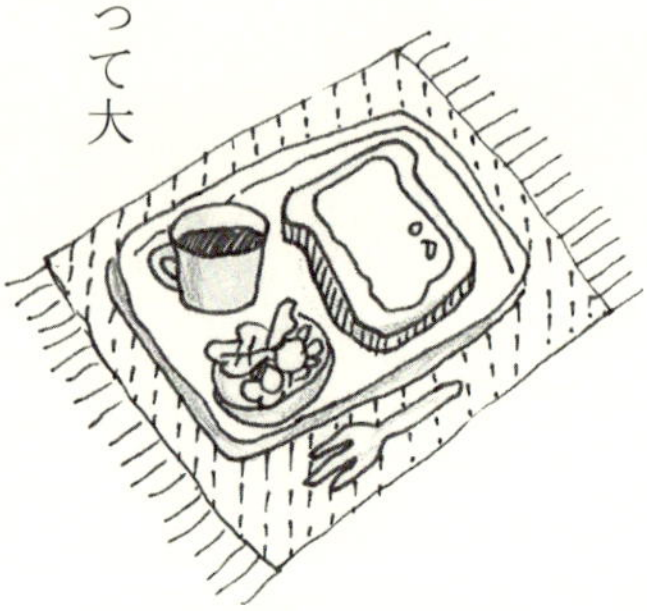

この店の「売り」は、

①トースト・ゆで卵・プチサラダ・コーヒーで400円の安さ、②注文してから

出てくるまで5分以内の早さ、③注文のつどドリップ式で淹れてくれるコーヒーと、真ん中の黄身が少し湿っている程度の良い加減のゆで卵のうまさです。

そして、この3つにプラスするのは、マスターのそつのない対応力なのです。

ある日の馴染み客とおぼしき男性とマスターとのやり取りはこんな感じでした。

馴染み客　「マスター、ご馳走さん。モーニングで４００円。あっ、10円玉を１００円玉と間違うて渡してしもたんと違うか。これでは３１０円になってしもたわスマン、スマン」

マスター　「イヤイヤ、こっちの方がスイマヘン。これから又、渡し足らんことがあっても、そのまま行っとくなはれや。多く渡してくれはったときは、こっちに文句言うてくれはったらええんだすわ。ハッハッハ」

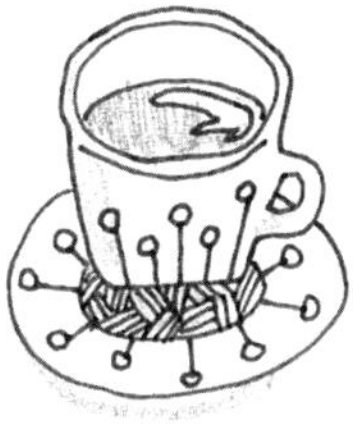

お客に恥をかかさないようフォローしたマスターです。テンポの良い大阪弁でのやり取りと、「損して得取れ」の心意気。これが、この小さなカフェに十数年も私に足を運ばせている理由でしょうねー。

11 駅前の食堂にだけは、二度と入ってやらないぞ

四季折々の花を楽しませてくれることで有名なH寺へお参りしたときのことです。

アップダウンのきつい参道は歩き応えがありますが、両側に並ぶ出店が足の疲れを忘れさせてくれます。中でも数件あるお餅屋さんは競争が激しいからでしょうか、どの店も工夫され活気があります。子供の頃から実演販売を観るのが大好きな私です。その日もある店の餅つきを楽しませてもらいましたが、実演販売の仕方に感心しました。茹でたよもぎ草を入れたお米を一から杵でつきあげているのです（以前N駅前で観たよもぎ餅の実演販売では、あらかた機械でこね、仕上げにパフォーマンスとして杵でついているだけでした）。若い衆が汗を流し懸命についている姿も見応えがあります。試食もよもぎ餅だけで

なく串団子もOKです。もちろん大変美味しく、お土産に一箱買って帰ったのは言うまでもありません。「花よりダンゴ」とはこのことです。

ここまではH参道お気に入りの話ですが、お昼を食べに入った駅前の食堂が、折角の楽しい気分を台無しにしてしまいました。注文したのは山菜ご飯650円。茶碗に盛られた山菜ご飯と野菜の煮物一品、それに汁物、こんなイメージをしていたのですが、なんと出てきたのは透明のトレーに入った山菜ご飯だけです。お汁もついていません。ガッカリすることはまだ続きます。極めつけはお湯のみに入ったお茶です。いいえ、ぬるいお水です。「お水ならコップに入れてよ」と言いたいところをグッと我慢して食べるご飯の味気なさ。

駅前の食堂がここ1軒で競争がないからでしょうが、何ともひどい話です。「よもぎ餅を買いにまた来たいけど、駅前の食堂にだけは二度と入ってやらないぞ」とは食い意地のはった人間のささやかな抵抗です。

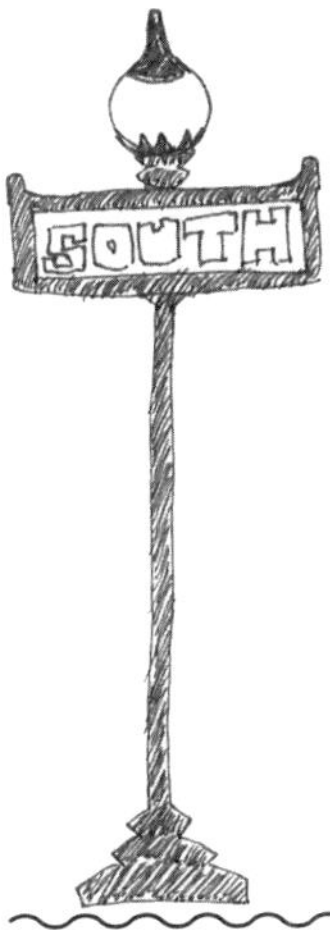

12. 内に誠あれば外にあらわれる

＝誠実を旨としていれば、言動に自然とあらわれるの意。

S社長経営のFコンビニエンスストアI店を訪問したときのことです。数ヵ月前にオープンしたばかりのI店は、東京渋谷Iビル前にあります。

店内はけっこうお客様が多く繁盛していますが、想像していたお店と何かが違うのです。

まず床が汚い。カウンター周辺がゴタついている。何より店員さんに笑顔がない。声が出ていない。という具合です。

「S社の『挨拶日本一』『笑顔、笑声、笑動』『お客様に元気・エネルギーを持って帰っていただく』という接客方針は掛け声だけだっ

たの？　立派な店舗コンセプトは、どうなっているの」と思いながら店を出ました。

ところがです。20～30ｍ歩いた所で気がつきました。Ｉビルをはさんで反対道路前に同じＦコンビニがあるではないですか。店に入った途端分かりました。「これはＳ社のお店だ！」と。

まず店内が綺麗。店員さんの動きがキビキビしていて笑顔がある。ホッとしました。聞けば、先に入った所は私の勘違いでＳ社とは全く関係ないお店だったのです。

コンビニといえば、本部から店舗運営に関するマニュアルが提供され、研修もあり、接客・清掃・釣銭の出し方・レシートの手渡し方など細かい指導があります。しかし不思議ですねー。店に入った途端、違いが分かるほど実践に差があるのですから。

Ｓ社長の経営に対する考え方、謙虚な姿勢、経営理念の徹底振りが店を通じて外へ表われたのです。

まさに「内に誠あれば外にあらわる」です。

13. 行く言葉が美しければ、来る言葉も美しい

「行く言葉が美しければ　来る言葉も美しい」という諺があります。

毎朝モーニングを食べる天下茶屋の喫茶店で気がついたことがあります。

食べ終わったお客さん、ほぼ全員「ごちそうさん！」、「ごっつぉさ～ん」とマスターに挨拶して仕事に出かけるのです。マスターも「ありがとうございます！　行ってらっしゃ～い」とやや声を張って元気に応えます。いいですねー。美しいです。

お世辞にも柄の良い美しい言葉を使う土地柄ではなく、又あか抜けた店でもありません。来るお客さんも、ちょっとくたびれかけた中年以上の男性が圧倒的です。

ところが、びっしり詰まった11席のカウンターから、お客さんが

次々と立ち上がり「ごちそうさん！」返すマスターが「ありがとうございました！」の声が行き来します。その言葉のキャッチボールの美しさに改めて気がついたのです。

コーヒー・トーストが美味しい、ゆで卵の茹で加減が良い、それに加えて行く言葉と来る言葉の美しさがこの店を繁盛させているのではないかと思えるほどです。

当所は、10数年前から事務所入口に1メートル四方のオレンジ色のマットをはめ込んでいます。出かける所員、帰ってきた所員がそのマット上に立ち「行ってきます」「只今帰りました」と声をかけます。見送る所員、迎える所員は「行ってらっしゃい」「お帰りなさい」と返事をします。もちろん、私も大きめの声でやっています。

やっぱりいいですねー。優しい言葉、元気な言葉、感謝の言葉には、ふさわしい言葉が返ってくるのですから。

ところで、イラチの私は、この諺と正反対となる「売り言葉に買い言葉」などということにならないようしなければ、と思っている今日この頃です。

第四章

人間対人間で仕事をする

――「山より大きい猪《しし》は出ん」のです

1. 最近の呪文は……

税務調査たけなわのシーズンです。6月中旬から7月中旬、12月中旬から1月中旬、そして3月1日から15日まで、1年のうち正味2ヵ月半だけ税務調査はお休みとなります。それ以外は年中チョコチョコ税務署から連絡が入り、税理士として顧問先様の調査の立会いをしています。

秋に多いのは、3月決算法人の調査連絡が重なる様にして入って来るからです。

ここ数年は、年間15件前後の立会いをさせてもらっています。朝10時から夕方5時近くまで、調査官と対峙（?）して過ごすのですから、まぁまぁ神経の疲れる仕事です。案外早くに亡くなる税理士が多いのは、この為かと思っていたら、税務署の調査官も、60才代で亡くなる人が多いと言うではありませんか。こちらもストレスを感じていますが、むこうさんもそれ以上にストレスを溜めてはるんですねー。

とはいえ、調査の度に神経をすり減らしていたのでは、胃に穴が空いてしまいます。顧問先様の信頼にもお応えできないことになります。

そこで、最初の頃、立会いの前にある呪文を唱え、気持を整えていたことがあります。

「税理士は、税務に関する専門家として、独立した公正な立場において、申告納税制度の理念に沿って、納税義務者の信頼に応え、税務に関する法令に規定された納税義務者の適正な実現を図ることを使命とする（税理士法第一条）」

そして、最近の呪文は、「山より大きい猪《しし》は出ん」「明日は明日の風が吹く」「人事を尽して天命を待つ」です。

ドーンとお任せ下さい。

2. 小さなことに気を配ってこそ、大きな仕事も完遂できる

「大事の前の小事」を辞書で引くと、二つの相反する意味があることが分かり驚いたことがあります。

意味①大きな事を成し遂げようとするときには、小さな事は捨ててよろしい。

意味②大きな事をする前は、どんな小さな事にも十分気を配って油断してはならない。

確定申告では、様々な小さなミスが続出します。電話番号記入欄にＦＡＸ番号を記入したり、年の途中から開業しているのに、計算期間記入欄は「1月1日から12月31日まで」などと書いてみたりなどなどです。この確定申告の期間はこんなうっかりミスが多発するのですが、これをどう捉えるかです。「こんなことは申告内容に影響しないのだから、まあいいじゃやない」昔の私ならこうでしょう。しかし今は違います。大きい失敗は、小さいミスを放置する体質から起きるのだと思っています。「小さい・細かいこともしっかり詰めて、いい加減にしないように」とうるさく注意しています。

所員の発案で、朝礼でも全員がミスや注意点を発表するなどの対策を講じていますが、まだまだまだまだです。

ある芸術家の「大胆な仕事をしようと思ったら細かい事に神経を使う必要がある」との言葉が頭をよぎります。

小さな細かいことにも気を配ってこそ、大きな重い仕事も完遂できることを、全員が身にしみて分かるようになってほしいものです。

3.「お上意識」とは、毅然と対応する

「公務員の不祥事が続く中、K市では、新市長の訓示を、たばこを吸い乍ら聞いていた職員がいた」との新聞記事を目にしました。勤務時間中にパチンコなどで職場を抜け出していた職員がいた職場ですが「市民に変わったと思われる職場づくりを進めてほしい」との新市長の訓示も、これでは前途多難です。

さて、今年も早々に税務調査の立会業務がスタートしています。通常、調査官は午前10時に来社、身分証明書を提示し、概要の話が始まります。

その日も、10時5分前に調査官到着です。挨拶をして、社長が会社の概要を話し終えたすぐ後のことです。「机の中をみせてもらうことがあります。書類を持ち帰らせてもらうかもしれません。2日間で終ると思わないで下さい。場合によっては、もう一日寄せて

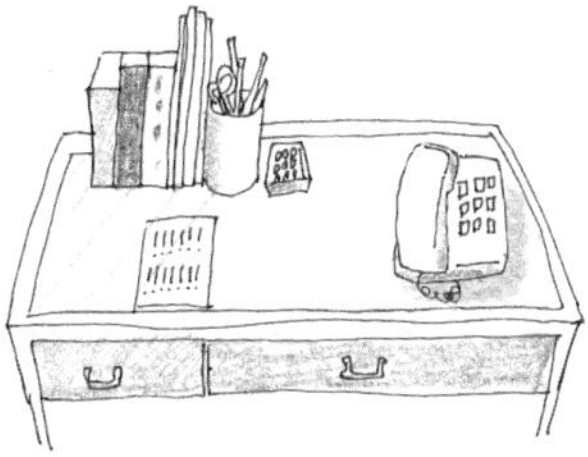

もらうかもしれません」と驚くことを調査官が言い出したではないですか。「私も22年間税理士やってますが、帳面も見ないで、いきなりこんなことを言われたのは初めてですねー。今言われたこと全て必要があるとは思えませんので、お断りしますよ」と出会い頭に調査官とやり合ってしまいました。

ところがです。次にこんなことも言い出したのです。「こちらへ来るには自転車でちょっと時間がかかりました。明朝、雨が降ったら電車で来るため時間が読めません。遅れるかも知れませんので先に言っときます」「甘ったれるのもええ加減にせえ」とまでは言わなかったですが唖然としました。「民間の人間なら、雨が降ろうが、遠かろうが約束した時間内に入るのは当たり前のことなのに、何と眠たい話をしているのかと思いました」とは同席した当所員の感想です。

まだまだ、公務員は「お上意識」が抜けないのでしょうかねー。もちろん調査は何の問題もなく終了したのですが、「お上意識」とは毅然と対応していかねばと改めて思った一件です。

4. 納税者をお客様と思っています

1. 待たせない
2. 専門用語は使わない
3. たらい回しをしない

に努めています。

税務調査の打合せでO税務署を訪問したときのことです。応接コーナーで担当官を待っている間、署内を見回すと、模造紙一杯に書かれた右記の宣言文が目に留まりました。

「素晴らしいですね。どこの税務署もこんな張り紙をされているのですか?」

「いや、うちだけのようです。こんな風に皆で実行していこうということで張り出したのですが、来署された方にもアンケートに協力してもらい、宣言どおり実行できているかどうかチェックもされるのです」との担当官の話に思わず「ほー」と感心してしまいました。

「待たせない」「たらい回しをしない」は役所として当たり前のことですが、その当たり前のことができていないのがまた役所です。この2点だけでもたいしたものですが、「専門用語は使わない」に至っては、「税務署の人が何を言っているのか言葉の意味がよく分からない」と税務調査時におっしゃる納税者が多いことを考えると、納税者をお客様として捉え、お客様(納税者)に納得してもらえる話をしようとする姿勢を感じるのです。

そう言えば以前、「納税者をお客様と思っています」と話していた女性調査官もこのO署の人だったことを思い出しました。この考え方や姿勢はO署だけでなく、全税務署に広がってほしいものですが、私達税理士事務所の人間もこの宣言文に大いに学ばねばならないと思った次第です。

5. 市民や中小企業のための行政を

中小企業金融安定化特別保証の適用が平成13年3月までと1年間の延長になりました。この情報を今年の1月に事務所内で流したところ「その情報は間違いではないでしょうか。2〜3日前に信用保証協会へ行ってこの案内書をもらってきましたが、そこには取扱期間は平成12年3月31日までと書かれています」と所員から指摘を受けました。ワープロで打たれた案内書を見ると確かにそう書いてあります。所員の言うとおり信用保証協会自らが間違うはずはありません。「確か新聞でもそう出ていたはずだけど、私が聞いた情報が間違っていたのかしら」と思いつつ、念のためと信用保証協会に電話を入れてみました。ところがです。「ええ、取扱期限は1年延びて平成13年3月までになりました」との返事です。

「えっ、つい最近そちらから持ち帰った案内書では平成12年3月となっていましたが……」

「案内書はいちいち訂正していませんよ」と悪びれることもなく言うのです。

「申し訳ありません」とも「訂正が間に合わなくて」とも一回も聞かずに電話を切りました。ワープロで打たれたA4版のたった1枚の案内書です。取扱期限が変わったならワープロで打ち直すかボールペンで訂正しても大した労力はかからない筈です。と言うより、あの電話から察すると1年延長したこと自体大した問題ではないと思っているのかもしれません。そうであるなら、この厳しい今をどう乗り越えようかと必死でもがき苦しんでいる中小企業の経営者に対し失礼な話です。

役所で働く人達がその制度の目的や趣旨を理解してこそ、市民や中小企業のための行政が実現するものだとこの小さな出来事を通じ、再認識した次第です。

6. 人間対人間で仕事をするすがすがしさ

〈H社の社長語る〉

「大企業の営業マンと20年以上も付き合ってきました。それで分かったことが一つあります。我々下請けに対して、丁寧に接してくれる人は出世していますが、下請けだと思って軽くみたり、えらそうな物の言い方や接し方をする人間は決して上には行きません。

少しは出世してもすぐに頭を打っています。大企業の看板とは関係なく、人間を大切にする人が結局は成功するということですよ」

〈S税理士語る〉

「納税者はお客様だと思って仕事をするようにしています」

先日の税務調査では、こんな嬉しいことを言ってくれる調査官に出会いました。

例えば、「署に来られた納税者の方にはすぐに応対する、お待たせしない、調査先での態度・言葉使いにも気をつける」などを心掛けているというのです。

バックにある権力をカサにきて、横柄な物の言い方をする調査官もいれば、こんな気遣いをする調査官もいるのですね。

大企業の名前や国家権力で勝負をしない、人間対人間で仕事をすることのすがすがしさと大切さを再確認させてもらったお話2題でした。

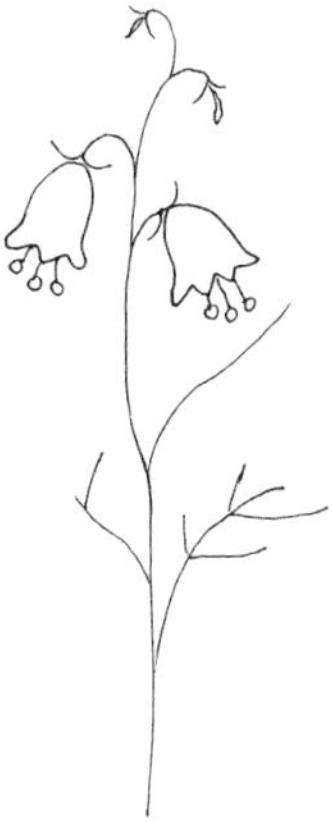

7. 心掛けたい「実るほど頭の下がる稲穂かな」

4月に、この「ちょっと一言」を本に纏めて以来、まだお目にかかったことのない方からお手紙をいただく機会が多くなりました。うれしいことです。その中で、山形県酒田市のSさんからのお手紙には反省させられました。

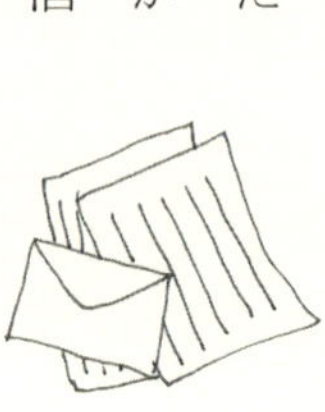

『ちょっと一言』はとても読みやすくいい本でしたので、当社の女子社員にも読ませ感想文を書かせました。……中略……ただこの本で一つだけ気になったことを書いていいでしょうか。それは職業の呼び方なのですが、『コンパニオン』『運転手』『店員』という呼び方がちょっと冷たく見下したようで気になりました。税理士さんだからかなとも思ったのですが、よい運転手さん

の例を挙げる時には『運転手さん』と書いていらっしゃいましたので……。すみません、些細なことで……。当社はコンパニオンの派遣もしておりますので特に気になるのかもしれません」

誠におっしゃる通りです。こんな当たり前のことに気がつかなかったとは恥ずかしい話です。

そういえば、ある保険会社の方からこんな話を聞かされたのを思い出します。「医者、弁護士、会計士、税理士など先生と呼ばれている人は頭を下げることを知らないから態度が横柄で、ものの言い方を知らない方がたまにおられます。私たちは見下されている気がしますがグッと我慢をしているんですよ」

〝実るほど　頭の下がる　稲穂かな〟

心掛けたい言葉です。

8. 皆さんの雰囲気づくりに感謝

当所では毎年一回、100人規模で「N-OFFICE勉強会」と称したセミナーを開催しています。今年は「ちょっと一言その3」を出版した記念として、「ちょっと一言にみる気づきとプラス思考」と題して去る6月15日に開催しました。初めて

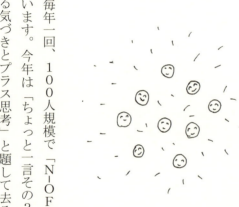

当所の研修室を使ってということもあり、小規模な30数人の勉強会です。

一部を私の講演、二部は参加者の皆さんからのスピーチという構成で、サンドイッチとコーヒーをいただきながら、和気藹々たる和やかな雰囲気で進めることができました。皆さんから「とても良かった」との感想を頂戴しホッとしているところです。

というのも、質疑応答なんて固い雰囲気にしたくないし、スピーチする人がなく白けてしまってはなど、二部をどう進めるか大いに悩んでいたのです。

ところがです。そんな心配は無用でした。参加者の皆さんが雰囲気をつくって下さったのです。スピーチする方も皆さんお上手です。長くもなく短くもなく、場の空気をうまくつかんでお話して下さるのです。聴く方も、楽しそうにのって聴いて下さる聴き上手な方ばかりで、場が一体となっている感じです。心配していただけに胸が熱くなる思いでした。

会を成功させるには、主催する側の準備や心配りは当然大事なことですが、参加者の気配り、心遣いも影響していることを今回の勉強会を通じ改めて気づいた次第です。

9. 与えられた仕事だけ機械的にすます人多し

当所のHは、毎土曜日に入院しているお母様を見舞うことで一週間を締めくくっています。Hのお母様は、脳出血で寝たきりになり意識も戻っていない状態で、もう3年以上経過しています。

事務所では、明るく仕事に集中しているHですが、私にこんな話を聞かせてくれました。

「先日、母の病院に新しい看護師さんが、入ってこられました。その看護師さんは、大変元気がよく、寝たきりで意識もあまりない患者さんにも一人ひとり声をかけながら、気管や肺に溜まった痰を丁寧に吸引して下さるのです。好感がもて、とてもありがたく思いました。

看護師さんの中に同じ作業をしても、対応が全く違う人も

います。患者さんの目に〝目やに〟が溜まっていようが、口元や首筋に〝よだれ〟が流れていようがお構いなしで、最低限与えられた仕事だけ機械的にすます人が多いのです。

病院も経営難の時代です。少ない人員の中、働く人も効率を重視しないといけないというジレンマに立たされているでしょう。でも、同じ仕事をするなら、出来る限り心を入れ仕事に誇りを持ち行動することが必要なのではないでしょうか。そうすれば患者さんも良い方向に行きますし、患者さんの家族からも感謝され信頼されることにもなります。そして、自分自身の成長にもつながっていくのではと思うのです。

これは医療や介護の現場だけでなく、全てに共通することです。仕事にやりがいを見出せず自分の能力を出し惜しみしていることは、人生の大事な時間を無駄遣いしていることです。私自身、とても自戒しないといけないことだと思っています」

大事なことに気づき、学んでくれているHの話に私も勉強させてもらった次第です。

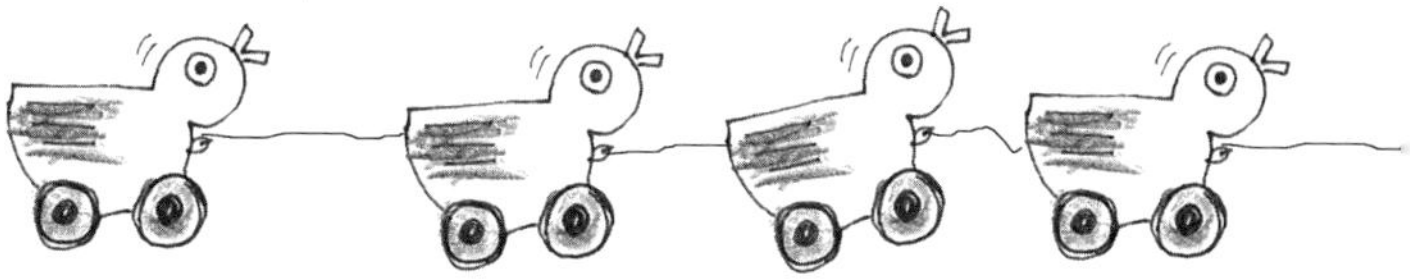

第五章

苦しい時はあっても苦しい人生はない

——守りたければ攻めなければ

1. 吸収と修正

社員２００人、契約社員、アルバイトを入れると１，５００人もの企業の常務取締役であるＮ氏は弱冠42才です。Ｎ氏自身は20年前の創業期にアルバイトとして入社し、真面目に今日まで働いて来ました。

とはいえ、真面目だけでは今日の地位を築く事は不可能です。「何が他の人と違うのでしょう。他の人にはない特別な能力を持っておられるのでは」という私の質問に対し、Ｎ氏の答えは意外なものでした。

「私より能力のある人は、我社にもいっぱいおります。アルバイト

で入社した私が、今日こうしていられるのは『吸収と修正』を心がけて来たからだと思っています。吸収とは、人の話をよく聴く。注意されてもムッとしない。いやなことを言われても『ご指摘ありがとうございました』と言えるほど人の意見を吸収する力です。修正は、注意されたことを直していく実行力です。いくら吸収しても修正していかなければ、注意された意味がありません。そんな〝素直さ〟を一番大事にして来た結果でしょうか」

私達は人を見る時、兎角現在の能力だけで判断してしまいがちです。将来、我社の重要なポストに就いてもらう人を見る要件を教えられた思いです。

2. 仕事人間の悩み「時間をどう活用し成果を出すか」

「時間をどう活用し、成果を出すか」は多くの仕事人間の悩みです。

21年前、勤務税理士として修業していたとき、子供はまだ小学校4年生と1年生でした。姑や実母の老後も肩にかかり、仕事と家事に追われる毎日でした。新聞や本を読み情報の収集も必要です。この時間貧乏をどう克服するか、時間の有効活用法の本も3〜4冊読んだでしょうか、悩み考え工夫していた時代でした。

あの頃から比べると仕事の環境が大きく変わりました。勤務税理士から自分の事務所を持ち、経営者へと移っています。家庭環境も一変しました。姑と母は他界し、二人の子供も結婚しました。今は夫との二人だけの生活です。家事に追われることもなくなりました。なのに、どうしてでしょう、時間貧乏は相変わらずで年々ひどくなっています。よっぽど、仕事の時間の使い方が悪いのでしょうね。今年に入りなんとかしないとと思っていました。

そこで、以前読んだドラッカー教授の「仕事の哲学（経営者の条件）」を引っ張り出してみました。ありました。ありました。こんなヒントがありました。

「成果をあげる者は、仕事からスタートしない。何に時間がとられているか明らかにすることからスタートする」「時間の活用と浪費の違いは、成果と業績に直接現れる。知識労働者が成果をあげるための第一歩は、実際の時間の使い方を記録することである」

なるほど、急がば回れとはこのことかと、早速仕事内容を20項目に分け、それぞれの所用時間を毎日記録することを2ヵ月続けてみました。その結果、なんと「書類チェック」に全体時間の1割以上割いているのに、部下との対話には1割も割いていないことが分かりました。

経営者として大事なことに時間を使い、自分でなくてもできることは大いに任せていくことが会社発展の必須条件です。部下との対話は大事な時間なのに1割もないとは「反省、反省」です。

「何かを伝えるには、まとまった時間が必要である。肝心なことを分からせ、何かを変えさせたいのであれば、1時間はかかる」との教授の言葉を思い出しています。

3. 地域から信頼される大切さ

江戸時代から続いている企業は、日本に3，000社ほどあるとのことです。そんなにも長く続いている企業に共通する点として、地域のお祭りに参加している、企業名を入れた提灯を寄付している、ということが挙げられるというのです。地域での存在感、地域からの信頼感を大事にしてきたから150年以上も続いてきたのでしょう。

我が事務所は25年前に安堂寺町に事務所を設立しました。5年前、ふと事務所の周りを見てみると、随分企業やお店が減り、軒並みマンションが建設されていることに気がつきました。コミュニケーションの象徴であるカフェも、安堂寺町2丁目に4店あったのが、今や1店しかない寂しい状況になっています。

「以前から中小企業が主体者となって地域を活性化しなければ地域は寂れていくし、企業自身も良い企業に育っていかないと」と考えてはいました。とはいえ、この町に来てからの20年間は、この地域と何の関係も持たず、何も貢献しないで過ぎてしまいました。

そんなとき、昭和30年代に盛大に開催されていた「安堂寺祭り」が復活していると知り、事務所をあげてお手伝いすることにしました。寄付集めを始め、ヨーヨー釣りや宝探しなどの夜店の手伝いを担当しています。もちろん「N総合会計」の名前入りの提灯や幟も出していますが、この夏は地域の子供を中心に3，000人もの人が楽しんでくれました。

ところがです。3年前にはそれだけに飽き足らず、今度は「住民と企業が気持ちよく共に生きることができる町、コミュニティのある町、助け合う町づくり」を目的にした「安堂寺界隈交流会」を立ち上げました。活動の3本柱は、①3ヵ月に一度開催する交流会②1ヵ月2回の早朝お掃除会 ③瓦版（2，500部）の制作と配布です。

皆さん出会いやコミュニケーションを求めておられたのでしょう。最近やっと効果が出てきた感じです。「こんな仕事をする人がおられたのか」との声や、「こんなコラボレーションが町の人とできるようになった」などと変化が出てきました。古くからこの町に住んでおられる方からも「知り合いが増え嬉しいです」との声もいただくようになっています。

良い企業になる条件には「どんな環境でも利益を出し続ける」ことはもちろんですが、「得意先・取引先・地域から信頼される」ことが大事であると学びました。

その学びをやっと今、実践している次第です。

4. 苦しい時はあっても、苦しい人生はない

お正月を迎えるたびに思い出すことがあります。

23年前の1992年11月1日にN総合会計の前身である中島税理士事務所を設立しました。設立日と前後して、良からぬ出来事が続々と起こります。バブル崩壊後、先行き不透明な時代です。

まず、事業を閉じるお客様がバタバタと3件出てきました。事務所の経理上、苦しいことですが、私の心も痛みました。

その上、4人の所員たちにも何らかの痛みや苦しみがやってきたのです。可愛がってくれた祖母が他界した者。妻が異常分娩で救急車で運ばれた者（無事に出産でき一息つきました）。やっと支給できたボーナスを帰宅時カバンごとひったくられる事件に遭《あ》った者。

そして12月24日、IT関連の顧問先様の社長が亡くなったとの連絡が入りました。暗澹たる気持ちで迎えたお正月です。それでも「さあ、気分を

一新して1993年を良い年にするために頑張ろう」と決意していました。その矢先です。5日の初出に4人目の所員から電話が入ってきたのです。「銀行に勤めている兄が昨日から帰ってこないのです。貸付している先が年末で倒産してしまい、責任を感じていたので心配です。家族で手分けして捜しているので遅れます」と言うではないですか。

4人の所員と力を合わせ、一歩でも二歩でも前進していくための意思統一のMTを予定していただけにガックリきたことを思い出します。幸いお兄さんは見つかり、所員も昼から出勤し、MTをやり直すことができました。「これから!」と思っている矢先に苦しいことが次々に降りかかってきたあの年末年始、こうして思い出すのはよっぽど苦しかったからでしょう。あの当時の自分を少し労《ねぎら》ってやりたい気分です。

とはいえ、最近こんな言葉に出会いました。

「苦しい時はあっても、苦しい人生はない」

その通りです。人生の達人には程遠いと思い知らされています。

5. 〝口ベタ〟というのはあり得ない

「もごもご何を言っているのか分からない社員を前にすると、怒鳴りつけたくなってくる。口下手だから怒るのではない。下手であるなら、なぜ前夜にでも報告すべき内容を整理してこなかったのか、そのことに私は腹を立てるのである。そんな社員にいい仕事ができるわけがない」

思わず笑ってしまったこの文章は、ベストセラーになっている堀場雅夫氏著「仕事ができる人できない人」の一節です。

実を言うと、時々私もこんな風にイラついてしまうことがあります。怒鳴りはしませんが「話は結論から言おう」

と途中で割って入ってしまいます。「聞き上手ではないなあ」と反省はするのですが、何を言いたいのか分からない話はどうもいけません。

ロベタで思い出すのは、娘の小学校卒業式での校長先生のご挨拶です。何をおっしゃっているのか分からないスピーチで、最後に「私はロベタですので……」と弁解されたことだけが印象に残ってしまいました。「ご自分でロベタだと自覚されているなら、なぜもっと準備をして来られなかったのだろう。卒業式なのだから、上手でなくても分かり易い心に残るお話が聞きたかった」と思ってしまいました。

「自分がロベタだと思ったら、話す内容を事前に整理し、話すべき内容を紙に箇条書きにしてみることだ。話す内容が整理できればロベタというのはあり得ない」との堀場氏の言葉に「その通り!」と頷いてしまった次第です。

6. 人の話を聞かない社長の会社には投資しない

2月の第一週は、所員との面談でビッシリ埋まる日々です。もう10年以上も続けている事務所行事（？）の一つです。

20人の所員と一人ずつ1時間近く、一対一で行うのですから、どうしても一週間かかります。終わった後はドッと疲れが出てしまいます。

ところが今年はいつも以上に充実した面談会で、疲れも心地よく感じるくらいでした。所員一人ひとりが自らの課題を明確にし前向きに取り組んでくれることで、厳しい2009年を乗り越えていけると確信を持つことができたのです。

どうしていつも以上のよい面談会ができたのか、と考えてみると次の3点でしょうか。

一つ目は、事前に次のような面談テーマを書面で伝えていたこと。

①次の切り口でお話下さい
　2009年をどういう年にするか

・お客様貢献について
・事務所貢献について
・自分自身に対して

②この機会に話をしておきたいこと、聞いておきたいこと、何でも

二つ目は、上記のテーマについて、全員、真剣にかつ前向きに考え、メモなどで頭を整理して臨んでくれたこと。

三つ目は、面談者である私自身が所員の話を以前よりもよく聴いたことです。

特に三つ目については、実行することのむつかしさは、身に染みている方です。面談でも私が6～7割しゃべってしまうことなど、以前はよくありました。これでは面談した意味がないのは、頭では分かっていたのです。

ある有名なプロの投資家が本の中で「人の話を聞かない社長の会社には投資しない。でもある時点からでも人の話を聞き入れるようになると、会社は劇的に変化することがある」と書いていています。

どうやら面談会の良し悪しは私自身にあるのだと改めて感じた次第です。

7. 情熱も努力もしない人には、成功はありえない

失敗する人は「才能」を頼りに夢を叶えようとする
成功する人は「情熱」を頼りに夢を叶えようとする

職業柄「親せきの者が税理士になりたいと言っている。中島さんの勉強方法や心構えを教えてやってほしい」との相談を受けることが時々あります。お答えしているポイントは3つです。

①試験をなめてかからないこと。

受験経験のない人ほど、ほどほどの努力で合格できると思い込んでいます。まず勉強です。浪人中（仕事をしないで、勉強に専念している状態）なら、1日13時間の勉強をすることです。

②目標を立てること。

合格までの平均年数は５年～６年と言われています。浪人して受験するなら３年とか、仕事をしながら受験するなら10年とか、目標を立てて臨まないと、勉強も、仕事も中途半端になってしまいます。

③目的を明確にして、情熱を傾けること。

何の為にチャレンジするのかを明確にしないで勉強している人には情熱を感じることはありません。たまたま目的もなしに合格してしまった人の多くは、資格を持っているだけで仕事に活かし切れていない様です。

私は23年前、３年という比較的短い受験期間で、合格証書を手にすることが出来ました。その間、昼はパンをかじりながら「自習室の帝王」と陰で言われるほど猛勉強をしていましたが、楽しい期間でもありました。それは「子供がいても家庭があっても、男性に負けない位の仕事ができる女性になりたい」との強い思いの実現に向っていたからでしょうね。

情熱を傾け努力したからと言って成功するとは限らないでしょうが、情熱も傾けず努力もしない人には成功はありえないのです。

8. 電車の中で大泣きした私

平昌五輪で大活躍した高木美帆選手は、前のソチ五輪に出場できなかった後の四年間、何度泣いたか分からないほど悔し涙を流したとの記事を読み、思い出した言葉があります。

「悔し涙を流したことのない若者が最近多い。一回の悔し涙は、三回分に値するほどその人を成長させるのに」

私にも経験があります。38歳で税理士事務所に入所し、初めてこの仕事につきました。それまでは大手化学メーカーで事務の仕事をしていました。

実務経験がない分、「どんな仕事でもやらせてもらおう」「実務書を読み漁ろう」など計画を立て、努力をしてきたつもりです。入所して4ヵ月後に税理士試験の合格通知も受け取っていたこともあり、少しはお客様のお役に立つ仕事ができるだろうと思っていました。

でも悲しいかな、本で得た知識は実務で鍛えたものではありません。仕事の段取りも悪く、準備も十分でない状態でお客様の会社を訪問していたこともあります。

そんな私が、お客様から経理の方への私の指導が足りないことについてお叱りを受けることがありました。いつもは午前中の2時間ほどで仕事を済ませ引き上げて来るのですが、その日は昼になっても解放してもらえず、昼食時も会議をしながら夕方まで続きました。

さすがに疲れました。私のプライドもズタズタです。何故そこまで言われなければならないのか、帰宅途中、悔しさがこみ上げてきてしまい、電車の中で人目もはばからず大泣きしてしまいました。格好が悪いと思うこともできないほど悔し涙を流し続けたのです。

若者と言われる年齢はとうに過ぎていましたが、仕事上、苦労らしい苦労を経験せずに来たツケが回ってきたのです。仕事に対する姿勢も甘かったのです。自分では努力してきたつもりでも、見る人が見ればその努力はたいしたものではなく、むしろ手を抜いていると思われたのでしょう。

その後も何度か悔し涙を流しました。でもその経験があったから、今の自分がいるのだと思うとともに、冒頭の言葉に納得する次第です。

9．守りたければ攻めなければならない

「守ろう守ろうとすると後ろ向きになる。
守りたければ攻めなければいけない」
（羽生善治さん）

30年間、個人事務所としてやってきたN総合会計（中島税理士事務所）の幕を5月31日に下ろしました。

こんなにも続けてこられたのは、冒頭の羽生さんの言葉に近いものが常に私の頭の片隅にあったからではないかと思っています。羽生さんの言葉を知ったのは最近のことですが「チャレンジしないと、前進しないと、後

ろを向かないようにしないと」と30年前から思い続けてきました。

ところがです。10数年経過した頃です。「守ろう守ろう」との意識が強くなってしまった時期があります。「攻める」ことがしんどくなってしまったからでしょうね――。

新しい展開をと思い、株式会社を設立したことがあります。失敗して1年半ほどで閉鎖しました。年間17~18件の税務調査に追われていた時期、無理がたたったのでしょうか、椎間板ヘルニアで手術をして1か月半も休んでしまったこともあります。

攻めていく中で疲れてしまったからでしょうか、その後、「守ろう」という気持ちが強く出てしまいました。

エネルギーの必要な「攻め」から楽な「守り」を無意識のうちに選んでいたのかもしれません。

その後、気持ちを切り替えて攻めの方針を立て、人も採用しました。やっと成果が出てきたのが5年後です。その間業績は低迷していました。「守りたければ攻めなければいけない」との言葉が心に沁みます。

6月1日に税理士法人を設立しました。来年には所長の座を現副所長に譲ることにしていますが、彼には経営理念やビジョンとともにこの名言を送りたいと思っています。

第六章

始末十両、儲け百両、
見切り千両、無欲万両

――幸せは、喜び上手な人にいき

1. 幸せは、喜び上手な人に行き

「幸せは　喜び上手な　人に行き」

こんな川柳を見つけました。

20数年前、「喜び上手」という言葉を見つけ「ほんのちょっとしたことにも喜びを感じ、心の中に大きく拡げるコツを今手帳にメモすることから始めました」と、この「ちょっと一言」に書いています。

そういえば、喜び上手な人は感謝する気持ちが強いから幸せ感を持ちやすい、と聞いたことがあります。「喜び上手」という言葉に出会って20年以上も経っていますが、じゃあ幸せを感じているかというと「う～ん」と考え込んでしまいます。ということは、私自身に「感謝」の気持ちが少ないからではないかと思い至っています。

そんな折、ある朝、電車の中から30～40羽のユリカモメが大和川で固まって泳いでいる光景を目にしました。朝日に輝く水面に白い鳥が群れをなし浮かんでいる様子があまりにも美しく、感動したことがあります。思わず手帳につけたのですが、考えてみると、早朝に大和川を渡る電車に乗れているのは、私の身体が健康で、まだ仕事が続けていられるからです。美しいと感じる心があるのは、気持ちにまだ余裕があるからです。自らの身体と心に感謝し、そんな環境にしてくれている所員と家族に改めて「感謝、感謝」です。やっと幸せを感じた出来事でした。

12月8日は賞与の支給日でした。まずは賞与を出せたことに、経営者として大いに幸せを感じています。賞与が出せる業績をつくりだしてくれた27人の所員に感謝です。

賞与支給の締め括りにはケーキを食べ、賞与を受け取った所員と賞与を渡した経営者とで喜び合いました。

最近やっと「幸せは　喜び上手な　人に行き」を実感している次第です。

2. すべては「責任」から始まる

・報酬を得るための手段だけではなく、自分自身を成長させてくれる場です。
・社会人としての義務であり、個人が社会に生きる上での存在意義を与えてくれ、成長させてくれるものです。
・仕事をし、社会のために働きたいです。
・働く人々を助け、そして自分自身が成長できることを意識し、仕事をしていきたいです。

これは当所所員が入所試験の折、「仕事とは」というテーマで書いてくれた作文の一節です。

人気作家の伊集院静氏が「仕事とは自分以外の誰かを幸せにすることである」と語っているのを聞き、当所所員の考えが気になり再確認をしたのが、右に記したものです。

常々、私は「世の為、人の為、自分の為に仕事をしよう」「仕事を通じて成長して欲しい」

などと語ってきました。

しかし、50年以上仕事をし続けてきた私自身は、こんな高邁な意識を常に持ち続けてきたかというと少々危ういところがあります。「やらねばならない」との責任感だけで、今日まで来てしまったのではないか、だから仕事を楽しめないのではないかと、時々思うことがあります。

そんな折、本棚から引っ張り出してきたP・F・ドラッカーの「仕事の哲学」で、こんなことが書かれていました。

～すべては責任から始まる～

「成功の鍵は責任である。自らに責任を持たせることである。
あらゆることがそこから始まる」

そう、責任感があるから、今日まで続けて来れたのかもしれませんねー。

ちょっと、救われたような気持ちです。

3. 出る杭は打たれるが、出すぎた杭は打たれない

〈新聞記事から〉

帰国子女だった池田美子さん（オーストリア造幣局駐日事務所代表）が、子供の頃いじめにあい、友達もできない中、悟ったのが「出過ぎた杭は打たれない」という心意気だったそうです。

〈トップセールスマンHさんのこと〉

全国に支社のある会社の営業マンであるHさんは、一昨年、昨年と2年連続して全社営業マン日本一の栄誉に輝きました。大変名誉

あることですが、本人は浮かぬ顔をしています。

「支店長から、『せっかく2年連続して日本一になったのだから、今年もがんばって3年連続日本一という輝かしい記録にチャレンジしなさい』と励まされたのですが、まわりの同僚の妬みがひどく、嫌味を言われたりいやがらせをされたりするので悩んでいます」と訴えられました。そこで冒頭の言葉を引用してHさんを激励したのです。

人は、自分より少し能力のある人に対しては、羨望や嫉妬を感じます。でも手の届かない程出来る人に対しては、あこがれや尊敬という感情に変化するものなのですね。
もちろんHさんは「出過ぎた杭」になろうと、日本一を目指して今がんばっているのは言うまでもありません。

4. 運転手さんに教えられた「営業のコツ」

ある夜の、落語家桂べかこに似たタクシーの運転手さんとの会話。

〈会話①・・・・顧客第一主義〉

中　島「あれ、座席が少し広いのねー」

運転手「お客さんに広う座ってもらおう思て、ちょっと広げてますねん」

中　島「アラー、顧客第一主義やねー」

運転手「そんなええもんちゃいますけど、私もこの方が運転しやすいんだす」

〈会話②・・・・さりげなく客をほめる〉

運転手「お客さんらは、何の仕事をしてはりますねん。法律事務所でっか」

中　島「どうして?」

運転手　「いやー、今降りた彼氏（当事務所のＹ君のこと）は、言葉使いと言い、礼儀と言い、なかなかのもんでっせ。知性的やから法律事務所の人かなと思いましてん」

中　島　「法律事務所でなく会計事務所やけど、運転手さんにそんな風にほめてもらったら私もうれしいですね」

〈会話③……いやな客などいない〉

中　島　「巡転手さんもなかなかしんどい仕事やねー。いやなお客も乗ってくるでしょうし」

運転手　「いいえ。いやなお客なんていてまへん。酔っ払いがいやや言う運転手もおりまっけど、いやや思いだしたら客の８割までいやでっせ。気の持ちようです。私は楽しいに仕事したいからそんなこと思わんようにしてますねん」

この運転手さんに「営業のコツ」を教えてもらいました。

5. 学ぶことに感謝する学び

今春、スポーツ新聞社に入社したA君は、東京での一週間に及ぶ研修を受講しました。

研修内容は、社会人一年生のA君にとって初めて体験するものばかりで、中身の濃いカリキュラムでした。

中でも、マナー研修は「おじぎの仕方」「名刺の出し方・受け方」「電話応対の仕方」などなど、仕事に即座に役立ちます。

研修後、B人事課長がA君達を夜の東京へと案内してくれました。そのときのスナックでのB課長の話は印象的です。

「僕達が入社した頃は、研修なんてなかったんだよ。だから名刺の出し方も知らなくてね。最初は取材記者からスタートしたんだが、あるプロボクサーに取材に行ったんだ。名刺を出して挨拶をしたんだが、反対に向けて出してしまってね。『逆だよ、失礼なやつだ。こんな名刺の出し方をしやがって！』って名刺をポンと投げ捨てられてしまったんだ。大恥をかいてしまったよ。君たちは、会社からお金と時間を与えられ研修を受けさせてもらってることを喜ばなくてはね」

A君の社会へ出ての初めての学びは、中身もさることながら、学ぶことに感謝する学びでもありました。

研修を終えたA君は、修得したことをこれからの仕事に活かそうと張り切っています。

6. 人間としての基本的な生活態度を維持できるか

椎間板ヘルニアで入院していたときのことです。

背中にメスを入れる手術をした後、寝返りも人の手を借りないと打てないという寝たきり状態が二週間続きました。トイレはもちろん、日常生活で当たり前にしている洗面歯磨き、着替えなどが自分で出来ない、という不自由な身になってしまいました。

ただでさえせっかちで、じっとしているのが苦手な私なのですから、こうなるとイライラがつのってきます。そこで家の者に頼み、①洗顔クリームで顔を洗い化粧水をつける ②歯を磨く ③髪をブラッシングする ④寝間着を着替えるなど、毎朝やってもらうことにしました。

つまり日常生活で欠かせないことを、出来るだけベッドの上で起き上がらなくても何とか工夫してやってもらったのです（夫は大変だったよ

うですが……)。
寝間着を着替えたあとはさわやかな満足感があり、何とか今日一日我慢できるという気持になるのです。こんなささやかな楽しみを味わいながら二週間を耐えることができました。
そう言えば、ある本で読んだこんな話を思い出しました。
南極探検では長い間テントの中で、風と雪と氷の中じっと我慢して待たなければならないときがあります。そんなとき最後まで弱音をはかず、しぶとく強い人は特に頑丈な身体を持っている人ではなく、朝起きると顔を洗い髭を剃り身なりを整え「おはよう」という人。つまりそんな極限状態でも、日常生活をしっかりこなす生活態度を身につけた人なのだそうです。

人間としての基本的な生活態度を維持できるか否かが、気持の余裕と耐える強さにつながっているように思えるのですがいかがでしょうか。

7. 「信念」で達成させる「目標」

「目標は、執念で達成させるのではなく、信念で達成させるものだ」という言葉をある本で見たことがあります。

辞書を引くと、執念とは「一つのことに強くひかれて、そこから離れない心」とあります。「執念深い」との言葉からも、過去を引きずった、暗いものを連想してしまいます。

一方、信念は「それが正しいと、かたく信じて疑わない心」と書かれています。「信念を持って〇〇する」というように、何のためにという明確な目的があり、前向きで、正しく強いものを感じます。

ということは、最初のうちは、過去の恨みつらみをバネにした「執念で達成する目標」であっても、前向きで正しい「信念で達成させる目標」に切り替わっていくことで、達成感や充実感を感じることができるのではないでしょうか。

ボクシングのフライ級チャンピオン内藤大助さんは、いじめにあった暗く惨めな過去をバネにしてきました。マスコミも執念で目標を達成したチャンピオンとしての内藤大助さんを前面に出しています。

しかし、彼は信念で目標を達成させた人だと私は思っています。それは、彼のこんな言葉を聞いたからです。

「何のために苦しい減量の中、自分を追い込み、身体をいじめ、厳しい練習に耐えてきたのかというと、最初は『強くなりたい。チャンピオンになって、いじめたやつを見返してやりたい』との思いでした。でも今はそうじゃないのです。こんな自分を応援してくれる人がいる。その人たちの為にやらなければ、ということだけなのです。試合後のビデオを見ていても、気になるのは試合を見に来てくれたお客さんの表情です。見に来てくれたお客さんに満足してもらえるような試合をする。そのためにやっているのです」

過去に捉われず、お客様のため、応援してくれるファンのために良い試合をするという目的を明確にしているからこそ、世界チャンピオンという座を守ることができたのではないかと思っています。執念から信念に切り替わり、内藤選手は充実感、達成感を味わっていることでしょう。

8. 懸情流水、受恩刻石

「かけた情けは水に流せ、受けた恩は石に刻め」との意味です。

そのお客様が店を畳まれたのは20年近く前のことです。その当時、ご相談を受けていたのですが、こちらの力不足もあり、とうとう法的な手続きをとり、当所との関係も終了してしまいました。

それから長い年月が経ちました。

そのお客様から、一通の書留封筒が事務所に届いたのは昨年の夏のことです。

「ご無沙汰しております。その折は大変お世話になりながらもこんな結末になり、言葉にならないくらい申し訳なく思っております。原因は社長としての私の管理能力の不足でした。……（中略）つきましては、その頃の中島事務所様への支払額が滞ったままになっているのが気になっております。時効で消滅しているかもしれませんが、私の心の中では時効消滅しておりません。些少で心苦しいですが、是非お受け取り下さい」との手紙とともに新札で5万円、入っているではないですか。

涙がこぼれました。「落ち着いたら、いつか返したい」と思って下さっていたのでしょう。税理士稼業をして32年。感動したできごとです。

さて、さて、そんなことがあり、自分自身はどうだったのか、長い年月を振り返ってみました。

「懸情流水、受恩刻石」はほど遠く「懸情刻石、受恩流水」のだったのではと赤面している次第です。

9. 若い働く女性にエールを送る

1年ほど前、同じマンションの同じ階に、3人の子供連れの30代と思しきご夫婦が引っ越してこられました。たまに廊下ですれ違うことがあります。そんなときはもちろん、挨拶を交わすのですが、全体に暗い感じが漂っています。特にお父さんが無愛想です。いつも黒い服を着ていて、髪の毛はバサバサ、眉間に縦じわが寄っています。

ある朝、そのお父さんが末の女の子を抱きバッグを肩に掛けエレベーターを待っています。「おはようございます」と挨拶をした後、思い切って「今から保育所へ行かれるのですか?」と声をかけてみました。すると「ええ、次の駅の近くにある保育所なんです」と返ってくるではありませんか。「40年も前ですが、うちの子供たち二人もずっと保育所通いで、一時は2ヵ所に行っていたこともあるんですよ」「そうですかー。うちもなかなか入れなくて困ったんです。難しいもんですねー」と会話が続きました。たった1~2

分のことですが、暗くて無愛想なお父さんのイメージが大きく変わった一瞬でした。待機児童問題が、ご近所のコミュニケーション改善に役立ってくれたとは皮肉な話です。

それにしても、女性活躍の時代と言われて久しいですが、子供を産み・育てながら働き続けるのは、まだまだ大変という感じですねー。

40年前、3歳の息子は公立の保育所へ、生後4ヵ月の娘は選にもれ、別の保育所に通わざるを得なくなってしまいました。朝の忙しさは仕方ないにしても、お迎えに行く時間が間に合わず毎日必死で走っていたことを思い出します。

周りからも、「ちゃんと預かってくれるの」「そうまでして仕事を続けないといけないの」とか「子供が可哀そうやねー」などと言われ、不安になったこともあります。

大丈夫です！　保育所は「預かる」というより「育てる」との考えで、子供の発育を目指して下さっています。何より43歳と40歳になった我が家の息子と娘は、人生を真面目に生きて、真摯に仕事に取り組む人間に育ってくれたと思っています。

女性が子供を産み育てながらも社会で活躍するための条件は、一に保育所問題の解決、二に周りの理解と協力ではと思いながら、若い人にエールを送っている次第です。

10. たかが手書き、されど手書き

今回は「手書き」の効用を再認識したお話です。

当所はお客様にお出しするお茶を、島根県松江市S社より取り寄せています。注文する際、担当の者が「お客様がよく美味しいお茶ですねと褒めて下さいます。そんな時、1本お持ち帰りいただくこともあります」と記入したところ、手書きのお礼状が同封されてきました。見ると、S社物流センターの担当者の名前が入ってい

ます。注文をもらったことと喜びの声を聞かせてもらったことへのお礼、これからも喜んでもらえるよう励んでいく旨が、若い女性らしく小さめの丸い文字で、簡潔に一筆箋にしたためられています。

感心しました。物流センターの一担当女性が手書きの礼状を書いてきたことです。早速S社のHPをのぞいてみました。「心をこめて生み出した商品を心をこめて販売し心をこめて賞味していただく……」との社長の言葉が綴られています。心をこめた販売の表れの一つが手書きのお礼状だったのですねー。

お世辞にも上手とは言えない字で書かれたものですが、ぬくもりを感じました。これが活字なら、私の目にも留まらなかったかもしれません。「たかが手書き、されど手書き」ですね。

ところで、私もお礼状は手書きと決めています。子供の頃から「字が汚い」と母からさんざん言われ続け、大人になってからも「字の下手な人」と主人に烙印を押されている私ですが、そんな評価をものともせず書き続けています。するとどうでしょう。「中島さんは達筆ですねー」などとおっしゃってくださる方がたまにおられ、気を良くすることがあります。これも手書きハガキを書き続けた効用でしょうか。

11 準備8割、本番2割

税理士に必要な力の一つに「話す力」があります。「税理士なら当然講演もお上手でしょう」との誤解からか、依頼をいただくことが時々あります。しかし何を隠そう、今でも「あがり症の下手クソ」と自認している私なのです。

そんな私が「下手クソ」を乗り越えていくための心構えとして取り組んでいるのが次の三つです。

まず一つ目は「むつかしいことをやさしく、やさしいことを深く……」という作家の井上ひさしさんの言葉の実践です。税理士が依頼を受けるテーマは「決算書をどう読む」「計画経営とは」「税制を考える」など、むつかしいものが多く、これを分かりやすくどう伝えるかに頭を悩ませます。

まずは資料集めです。できるだけ具体的な事例を集めたり、数字をグラフにしたり、新聞記事を拝借したりして資料を作ります。レジュメを補完する資料として10～20枚も添付する始末です。

二つ目は「準備8割、本番2割」です。税理士になりたての頃、修業していた事務所の朝礼で3分間スピーチが回ってきた時のことです。たった4人の聴き手の前であがってしまい、しどろもどろになってしまったことがあります。省みると、話の組み立てが中途半端なのに、3分だから本番では何とかなるだろうとの甘さと、自分の力量を過信していたことが、あがってしまった事の原因です。その後、話し方教室で勉強したのはもちろんですが、本番前に必ず声に出して練習することにしました。リハーサルをすることが自信につながり、「あがり症」を克服することができるのです。

さて、三つ目は「努力は報われる」という呪文を唱えることです。声に出してのリハーサルは、応接室に一人で籠りやっているため、途中でしんどくなることが多いのです。「もういいか」とあきらめかけることもあります。ここが正念場です。「努力は報われる」と呪文のようにつぶやき、自分に言い聞かせるのです。こうして何とか自信がつくまでリハーサルを続けることができるのです。

不器用な人間にとっては、何ともはや手間のかかることですが、「分かりやすかったですねー」「さすがは中島さん」と言っていただけたときは、「努力は報われた。私は上手い!!」と自画自賛することにしています。

12. 手帳に書き加えた「経営者心得」

イラチ（短気）な性格だと自分自身を分析しています。これを良いほうに解釈すると「決断が早い」「行動力がある」となりますが、良くないほうでは「人の意見を聞かない」「早トチリ」「粘りがない」となります。

パスタの種類が多く、サラダやキッシュ、パンなど数種類のセットメニューが売りのイタリアンレストランでのことです。客層は若い女性及びカップルがほとんどですが、たまに私のようなパスタ好きな高齢の女性客も入っています。

その日は店に入る前から「今日は枝豆の入ったクリームパスタとサラダそれにビールもつけよう」と決めていたからでしょうか、注文も1分です。

さて、お隣に座ったカップルです。メニューがなかなか決まりません。パスタの種類が多い上に「セットメニューにされるとお得になります」とウェイトレスさんからアドバイスを受けたことが拍車をかけてしまいました。「あのパスタとこの飲み物にしようか、サラダも欲しいし」「やっぱりパンも欲しいよ」「でも、こっちのセットのほうがお得よ」

などとやっています。入店したのは私とほぼ同時だったのですが、彼らが注文しだした頃にはこちらはビールも食事も終了していました。

カップル二人が「ああでもない、こうでもない」と楽しみながら決めているのに、横のテーブルで少々イラつき出した私の性格にも困ったものです。

さてさて、この性格が経営に悪い影響を及ぼさないようにするにはどうしたらよいのか考えたことがあります。その答えは「自分で意識して克服するよりほかはない」ということです。

○「熟慮断行」（よく考えるが、やるときは断じて実行する）」
○「衆知専断（広く意見を聞き、自分自身で決断する）」
○「全てのことに粘り強く取り組む」

この3つを〈経営者心得〉として手帳に書き加え、日々心がけようと努力している次第です。

13. 赤の他人さんに注意する

「注意」とは ①気を配ること・用心すること、と共に ②人に気をつけるように言うこと、と二通りの意味があります。

今回は赤の他人さんに、気をつけるよう、どんな場面でどんなことなら言えるのかというお話です。

〈あるスーパーでのこと〉

最近の私の朝食メニューは、納豆ご飯、塩昆布、味噌汁です。炊きたての白米に、よく練り混ぜた納豆を乗せて食べる美味しさに嵌っています。納豆は、練れば練るほど糸を引き美味しいとのことで30回は混ぜています。

先日のこと、一週間分買いだめした納豆をかき混ぜたところ糸の引きが足りず、賞味期限内なのにボソボソして美味しくありません。その日に買った5日分は全てそんな状態で、朝食の楽しみが半減してしまいました。そこでです。メーカーに電話を入れようかと思ったのですが、まずは購入したスーパーに行った際、注意をしてみました。商品係が出てきて、一応聞いてくれたのですが「ハイ分かりました」で終わりです。どうも気持ちがすっきりしません。現物を持ってきて話をするか、直接メーカーに連絡すべきだったと後悔してしまいました。

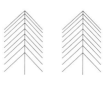

〈ある日の電車内でのこと〉

若い女性の車内での化粧についての苦情はよく耳にするところです。

ある日、乗車した電車が比較的空いていたからでしょうか、次の駅から乗車した女性（若くはないが、私ほど年齢はいっていません）、座ったとたん両サイドにカバンを置き、クリームを顔に塗るところから始めました。その様子は自宅の洗面所で気兼ねなく化粧している感じです。周りの目がまったく気にならないのでしょう。10分ほど続き完了したと同時に下車して行きました。

そばで見ていた私のほうが恥ずかしくなり、途中で何度か注意しようと思ったのですができませんでした。「余計なお世話です」と言い返されそうでしたし、「見てみぬ振りをするほうが楽よ」と言う自分自身の内なる囁きに負けてしまったからです。私も弱いですねー。

ところで、何故私は注意をしたがるのか。一つは自分の欲求不満を解消するためであり、もう一つは客の声、世間の常識人（？）の声を聞かせてあげたいと思うためのようです。

皆さんは如何でしょう。

14. 始末十両、儲け百両、見切り千両、無欲万両

生國魂神社の氏子である我が事務所は夏祭りに「N総合会計」の名入りの提灯を奉納しています。今年で7年目になります。祭り当日、お参りかたがた提灯をどこに掲げてくださっているのかを見に行くのが私の仕事になっています。

というのは、人目に付かない裏側や端っこに掲げられていたことが多く、とうとう昨年「もう少し目に付く、よい場所に掲げてもらえないでしょうか」と役員さんにお願いしてしまいました。

その甲斐あってでしょうか、今年はなんと、表側の良い場所に掲げてくださっているではありませんか。

気を良くしての帰り、生國魂神社にある井原西鶴像にもお参りすることにしました。

西鶴といえば、松尾芭蕉、近松門左衛門と並び、元禄時代の三大大家と称される作家です。

俳人としても有名で、生國魂神社の南坊に、俳人を多数集め、一昼夜に万句の早読みをする俳諧興行を行いました。この像は生誕350年を記念し、1992年に建てられたということです。

その西鶴に関連してこんな言葉を見つけました。

「始末十両、儲け百両、見切り千両、無欲万両」

「始末（倹約）したら十両くらいは手にすることができる。一生懸命、金儲けをしたら百両くらいは手にすることができる。また、欲をかかないで、ここという時に見切るのは千両の値打ちがある。ただ、自分より相手に儲けさせるような無欲には万両の値打ちがある」という意味です。

この暑い夏を事務所の皆と無事乗り越えられることだけを祈念していればよいのに、提灯を「よく見える場所に」なんて欲なことを考えていたら、一両も手にすることはできないということですね。

15. 思い知らされた「急いてはことを仕損じる」

「急いてはことを仕損じる」とか「急がば回れ」の諺を、お正月早々イヤというほど思い知らされることになりました。

お節や鍋物に飽きだした1月3日のことです。口の変わったものが食べたくなり、食材を買い求めにTデパートに出かけました。行きつけの本屋に寄るため天下茶屋で途中下車し、再度電車に乗ろうとしたときです。「難波行き各駅停車が発車します。ご乗車の方、お急ぎください」とのアナウンスをエスカレーター途中で聞き、大急ぎで走って飛び乗りました。

ところがです。間に合ったと思った途端、身体は前へ投げ出され、バッタリ車内に倒れ込んでしまったではないですか。車内はガラガラにすいていて、乗客に迷惑をかけることはなかったのですが、派手に倒れたため車内はどよめきが起きています。「大丈夫ですか」とか「ビックリしたなぁ、何が起きたのかと思ったわ」などの声が聞こえてきますが、右腕の痛みでしばらく起き上がれない状態でした。そんな痛みの中でも本人は、単なる打撲だから湿布薬を貼っていれば2～3日で治るものと思っていました。

それがです。念のため翌日診てもらったお医者さんから「骨折はしていないけど、腕が上がらないようなのでMRIを撮って調べてみよう。腱が切れてるかもしれんよ。もし切れてたら手術やなぁ」と脅かされる始末です。

結果的に、切れてはいたのですが一部分であるため、リハビリで様子をみることになりました。「右肩腱板断裂」とのおそろしい病名ですが、手術せずに治せそうでホッとしています。

それにしても、身の程を知らないとはこのことです。普段から駆け込み乗車は勿論、エスカレーターや階段は駆け下りる、点滅している青信号も走って渡る、と言うイラチ振りです。肩板断裂の発症年齢のピークも60代とのことですから、これを機に年齢を考えない行動は改めないと、と、大反省しています。それとイラチの性格もですねー。

ということで、２０１３年は「反省」からスタート致しました。

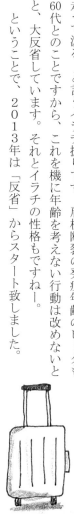

16.「才能と情熱」夢を叶えるのはどっち？

「失敗した人達は、その理由を才能がなかったと分析し、成功する人達は、情熱を持ってやり続けてきただけと話す。失敗する人は『才能』を頼りに、成功する人は『情熱』を頼りに夢を叶えようとする」

30数年前の私は、大手化学メーカーのＯＬでした。結婚し子供も2人でき、忙しい日々を過ごしていましたが、仕事にやりがいを感じることができず、「これではイカン」という毎日でした。何か勉強をして新しい道を見つけたいと思い、とりあえず日商簿記1級を受験することにしました。「1級と2級のレベルの差は大きいよ」と友人から聞いていましたが、「勉強していたらそのうちに合格するでしょう」と呑気に構えていました。

1回目の不合格通知を受け取って初めて「もうちょっと性根を入れて勉強しないと」と反省しました。2回目の不合格通知では「仕事と家事を抱えながらの勉強なのだから仕方ないかな」と自らを慰めました。3回目の不合格通知では「私に向いていないのでは」と才能を疑いました。

そんな頃です。税理士という職業があると知ったのは。国家試験に合格すれば税理士になることができます。その為に今チャレンジしている1級に合格しなければ受験できないことも分かりました。

俄然やる気が出てきました。「何としても次は合格して、税理士試験も3年で結果を出そう」と目標を立てました。「1級の試験に失敗し続けているのに」です。不思議なものです。やる気が出た途端、その半年後には1級合格、3年後には税理士試験の合格通知を受け取ることができました。

1級受験中は何だったのでしょう。結局は受からない理由を見つけ自分を甘やかしていたのでしょう。何のために勉強するのか目的も曖昧な上、情熱もなかったのですから不合格は当然の結果だったのです。

先日、冒頭の言葉をある本で見つけました。胸に染み込んできました。

17. 話し手の身になって「聴き上手」に

年に数回、人前でお話しさせてもらう機会があります。不器用だと自認しているだけに「準備8割、本番2割」を心掛けています。準備の8割では、当日までに資料を備え、原稿を書き、リハーサルをして臨んでいます。

当日です。本題に入る前、親しみを持ってもらう為に1～2分の前置き、落語でいうなら「枕」を考えておきます。

さあ、本番です。2割のうち半分の1割は体調です。特に鼻と喉の調子が、本番での良し悪しに影響します。アレルギー性鼻炎による、クシャミ、鼻水、声枯れなど悩まされている症状がでないよう、薬・水を用意しておきます。

さてさて、最後の1割ですが何だと思われますか。それは「聞き手の態度」です。頬杖をついている人、腕組みをして恐い顔で聞いている人、下を向いたまま最後まで顔を上げない人、目にすると気になってしまいます。携帯電話や私語、遅刻者の多いときも話をしている側にとって集中力の妨げになります。同じ内容を話していても「今日のできは、もうひとつだった」なんて思ってしまう原因になるのです。

逆に「乗って話ができた」と思えるのは、頷いてくださる方やメモを取っている方、つまり「聞く」ではなく「聴く」姿勢の方が多くいらっしゃるときです。

そんな時は予定していない話が思わず出てしまうことがあります。乗っているのです。聴き上手な人が私の力以上のものを引き出してくれるのでしょうね。「聴き上手が話し上手を育てて下さっている」と実感しています。

私自身、決して聴き上手な人間ではないのですが、「話し手の身になって、聴き下手にだけはなるまい、聴き上手に一歩でも近づかねば」と思っている今日この頃です。

18. 乗り越えるチャンスを、自分でつくる

我家の孫の幼稚園では、毎年4月に日曜参観のあと父母会が開かれます。幼稚園の父母会といえど、150人もの参加者です。今年から我家の嫁も役員になりましたが、メーンイベントはその役員の紹介です。

そこでのことです。数少ない男性役員さんのお一人が自己紹介を始めましたが「私は・・・、私は・・・、私は・・・」と言ったきり次の言葉が出てこないのです。「どうしたの、何かあったの」と聞いている方が不思議に思ったほど、極度の緊張でものが言えなくなってしまわれたとのことです。一流大学を出ながら、人前で話すことが苦手な為、あまり話をする必要のない仕事をされていると聞き、「お気の毒に！　そこまでいくまでになんとかならなかったの」との思いが込み上げて来ました。

さて、私の経験です。税理士になって1年足らずの時、修業させてもらっていた事務所の先生から講演のお話をいただきました。「1日コースのうち、2時間だけ代

わりにやってみなさい」とチャンスを下さったのです。でも上がり性で、ちょっとした挨拶にも失敗した経験が幾度もあります。「とても、とても」と尻込みする私に、ご自身の第一回目の講演での失敗談を聞かせて下さいました。「壇上に上がった途端、頭が真白になり、いきなりコップの水を2杯飲んでからしゃべり出したが、何を言ったかさっぱり分からんかった」とおっしゃるではないですか。あのお話上手な先生にもこんな経験があったのかと一遍に気が楽になりました。

それからです。話し方教室に通いました。マンションの集会場を借り、夫を前にしてリハーサルもしました。そこまでして何とか初めての講演を無事乗り切る事ができたのです。

以来、現在も小さい失敗は数知れず経験していますが、話をする事には慣れて来ました。

どんなに話上手な人でも失敗をした経験を持っているはずです。幼稚園の男性役員さんには、この失敗を恐れず乗り越えるチャンスをご自身でつくってほしいと思うとともに、周りの方の温かい協力を切望する次第です。

終　章

楽な道は棘の道

——修羅場で笑ってこそ

1. 終りのときには「充実した一生だったよ」と語りたい

60歳の定年を迎えたAさんは、40年勤続していた会社を退職しホッと一息ついています。ただ、ここ2～3日気になっているのは退職の挨拶状です。どんな文章を書こうかと思案しています。一般的なものではなく、短くても自分の思いの入った文章にしたいと考えています。特に「○十○年を大過なく送ることができ……」という文章だけは避けたいと思っていました。自分なりに懸命に仕事をし、生き抜いてきた40年だったからです。Aさんは考えた挙句「充実したサラリーマン生活を送るこ

とができ……」という一言に思いを込めることにしたのです。こんな挨拶文を書ける自分に満足しています。

人生をどう生きるか、人それぞれです。しかし、ある方からこんな話を教えていただきました。アメリカで90歳代の男女1，000人を対象にしたアンケートが実施されました。その内容は「90年生きてきた人生の中で、最も後悔していることは何ですか？」ダントツでナンバー1は「もっといろんなことにチャレンジすれば良かった」という答えだったそうです。

90歳になっても、チャレンジ精神旺盛な高齢者になっていたいものですが、その前に、90歳まで生きられるかどうかが先決です。健康に気を付け、できるだけ長生きし、終りの時には「充実した一生だったよ」と語れるようなことになればと思っています。

2. 私の座右の銘

座右の銘とは、辞書でひくと「身近において、日常生活のいましめにする格言など」とあります。

「人生意気に感ず」は、30代で掲げた私の座右の銘です。

人間は金や名誉のためではなく、その人の心意気に感銘し動くものだという意味です。

自分の人生観と相通ずるものを感じたからですが、ちょっとカッコよすぎるかなと思うことが時々あります。

その後、40代で**「しんどいときこそ上り坂」**を掲げる様になりました。

喘ぎ喘ぎしながら仕事をし、事務所経営に踏み出した頃です。

毎日がしんどかったのですが、事務所の上昇が私自身の成長に繋が

っているのだと思うことで、切り抜けることができた時代です。この頃の自分を叱咤激励してくれた言葉だと今も気に入っています。

さて、50代も終わりのころです。「中島さんは、感情が顔に出てしまうことがありますね。会議中も怖い顔をしているときがありますよ」とある方に言われたことがあります。喜びの感情は大いに表に出せばよいのですが、イライラ、腹立ち、恐れの感情は決して顔に出すのではなく、抑えておかねばなりません。もっと胆力をつけねばと思っていた矢先だっただけに応えました。

そんなとき出会った次の言葉はそれ以来、私の座右の銘となっていますが、実態とは程遠い現状です。

その言葉とは

「修羅場で笑ってこそプロ」

さて、さて、皆さま方の座右の銘は？

3.「イラッ」「ムカッ」「カッチン」

「ちょっと一言」をお届けし出して25年目に入っています。

24年間、どの話題が多いのか、先日繰ってみて驚きました。「イラチ」「ボヤキ」「怒り」をテーマにしたものがけっこうあるのです。

1990年の7月号（№4）は、「ぼやかない」「ぐちらない」「くよくよしない」と決意したことを書いています。24年も前から直さなければと思い続けているにもかかわらず、未だに直せていないことに愕然とします。

さて、自分の性格を自覚しているからでしょうか、「人の心に怒りが生まれる条件」という記事が目につきました。

人の心に怒りが生まれる条件は、次の5つしかないというのです。

①自分に自信がないとき
②環境が悪いとき
③体調が悪いとき

④余裕がないとき
⑤予想外のことが起きたとき

私自身は上記の③④の条件のとき「イラッ」「ムカッ」「カッチン」という感情が生まれるようです。

では、怒りを生まないためには、この5つをどうクリアすればよいのでしょうか。

そこで次に書かれたことが参考になります。

①カッときても怒鳴らない
②怒りを感じたら場を替える
③「ゆっくり」を意識する
④手首をトントンと軽く叩く
⑤口角を上げ笑顔をつくる

年齢を重ねると人間が丸くなると思われがちですが、とんでもないですねー。気の短さは衰えず、自分の「ゆっくり」した動作にかえってイラついてしまうのですからいけません。

なんとか、心に怒りが生まれても口角を上げ、笑顔をつくることができるよう努力せねばと思っている昨今です。

4.「成功」の反対は「失敗」ではなく、「何もしない」こと

「成功」の反対は「失敗」ではなく「何もしないこと」と言われています。何もしない場合、残るものは何もありませんが、失敗は、何かをやったために起きたことで、そこに至るまでの経験が残ります。「失敗は成功の母」と言われるくらいですから、やっぱり「成功」の反対は「何もしないこと」なのでしょう。

昔々、35年も前の話で恐縮です。私には大手の化学メーカーのＯＬだった時代があります。あの時代は男女雇用機会均等法もなく、男性と女性では与えられる仕事がはなから違っていました。その後、結婚し子供も二人生み育てながら忙しい日々を過ごしていましたが、やはり仕事にはやりがいを感じることができず「これではイカン」と思う毎日でした。

とはいえ、これという能力も持ち合わせていません。そんな時、税理士と言う職業があることを知りました。国家試験に合格すれば税理士になることができます。でも、特に数字に強い訳でもなく、年齢も30代半ばに差し掛かっています。それに、夫の協力を得るにしても、幼い子供二人を抱え受験勉強なんかしていられるのか、会社もいずれは退職せざるを得ないだろうし、などなど考えれば考えるほど税理士への道のりは遠いものに思えてくるのです。

結局、背中を押してくれたのは「このまま5年、10年、何もしないで過ごしてしまったら、後悔することしか知らない愚痴っぽいおばさんで終わってしまう」との思いでした。

今年で税理士になって30年になります。失敗も数々経験してきました。でも、やらなければならないことを何もしないで後悔した、なんてことは皆無です。

失敗はしても幸せな35年だったと思い起こしています。

5. そんなことで、もうしばらく元気に仕事ができそうです

長年、アレルギー性鼻炎に悩まされてきました。いつの頃からか記憶にないほど、何十年も前からです。いったん、くしゃみや鼻水、鼻づまりなどの症状が出だすと、鼻にとどまらず目、喉、耳と顔のいたる所に影響が出ます。影響が喉に出ると、咳が止まらず一晩中苦しみます。耳に出ると自分の声が内に籠り、トンネルの中でしゃべっている状態になります。

対処法は、市販の薬に頼らずできるだけ早く耳鼻科のお医者さんに診てもらうことです。「診てもらう時間が取れない」などと数年前、先延ばしにしていた時があります。眠ることができないほど耳が痛く、とうとう朝から病院に駆け込みました。「中耳炎です。なんでこんなになるまで放っておいたのですか。ハイ、手術します」とお医者さんに叱られ、手術をし、お薬をもらって帰ったのですが、治るまでに3ヵ月もかかってしまいました。

そんな時です。たまたま読んだ雑誌に「基礎体温を1度上げると免疫力が3〜5倍高まり、アレルギー症状が緩和される」との記事が掲載されていました。これは朗報！　と思ったのですが、体温を1度上げる方法が判らず、何の改善もないままの状態でした。

ところがです。昨年の夏ごろから35・2度だった体温が、なんと36度台に上昇してきたことに気がつきました。秋には朝の体温が36・2度にもなっています。そういえば、お医者さんにも春に一度行ったきりです。うれしいですねー。子供の頃から悩まされていた病気から、たった1度体温が上がっただけで開放されたのですから拍手喝采の心境です。

昨年の一月から週一度の割で通いだした整骨院でのお灸とマッサージ、朝晩の体操が功を奏したのだと思っています。

年齢を重ねる中で仕事を続けるには「健康」が必須条件です。元気に仕事をするために何をしなければならないのか、また何をやめる必要があるのか、考えて行動するのも仕事のうちだとつくづく思っています。

そんなことで、もうしばらく元気に仕事ができそうです。

6.「誰でもできること」を「誰にもできないくらい続ける」と……

「成功は、誰でもできることを誰にもできないくらい続けることで見えてくる」と言います。

「誰でもできること」とは、日記をつけるとか、ジョギングをするとか、初めて出会った人に必ずハガキを書くとか、想像がつきます。

では「誰にもできないくらい」とは、どのくらい何年くらいを言うのでしょう。私の中では、若いときは10年もすればと思っていたのですが、年齢を重ねるにつれ20年になり、最近では30年は続けないと、となっています。

「ちょっと一言」を書き始めたのは１９９０年４月です。28年目に入りました。身の回りで起きた些細な出来事を綴っているのですが、最初の10年は肩に力が入っていました。私事でも姑や実母が亡くなり、私自身が椎間板ヘルニアで手術・入院なんて些細でないことが起きた期間です。ヘルニアの手術後、ベッドの上で締め切りに追われ書いたのは懐かしい思い出ですが、「勢い」と「続けねば」との気持ちだけで書いていたようです。

次の10年は、書くことに慣れ、愛読者の皆様から激励をいただくことが多く、私自身楽しみながら書いていた期間です。

さて、60歳代に入ってからはというと、マンネリ化を意識しつつ、記憶力の衰えと闘いながら、最近ではウンウン唸りながら書いている状況です。

たった７００字前後の文章を月１回綴るだけですから誰でもできることですが、誰にもできないくらい続けることって、やっぱり難しいんですねー。

でも、30年間（あと3年です）は続けたいと思っておりますので、もうしばらくお付き合いくださいませ。

7.「人生、意気に惑ず」なんて格好つけて

「私は今55歳です。年齢を意識する年ですが『元気』です。でも元気を維持するためにいろいろ努力はしています。まずストレッチや筋トレを毎日30～60分やっています。土曜日、日曜日はジムにも行っています。ゴルフの打ちっぱなしにも出かけます。最近、つくづく思うのは、何もしないで『元気』はないということです」

勤続15年の女性所員Tの朝礼スピーチです。頼もしいです。

当所には50歳以上の女性が私を除いて４人います。皆元気です。

勤続年数も22年、15年、14年、９年と長く働いてくれています。ありがたいです。

女性が長く、かつ50歳を超えても働き続けるには、職場環境、社会環境、家庭環境など難しい問題が横たわっています。健康で元気に働ける身体でいる必要もあります。

さて、私自身も仕事を続けて50年以上になります。その間、産前産後休暇の4ヵ月を2回、税理士試験の受験勉強専念のための退職による休暇が18ヵ月、椎間板ヘルニア手術による入院休暇が1・5ヵ月ですから合計27・5ヵ月仕事を長期に休んだことになります。

思いもよらない痛みのため、長期に休まざるを得なかった期間が1・5ヵ月で済んだことが50年以上も仕事を続けることができた要因だと思っています。

「お元気ですねー」私の年齢を知った人から称讃されることが多くなっています。ただ、所員Tと同じように、「何もしないで『元気』はない」と思っています。

元気の秘訣は、まず20分間の朝のストレッチにあります。次に健康食品と野菜ジュース、三つ目が週一回のお灸とマッサージかなと分析しています。

とはいえ、確実に身体は衰えています。「いつまで身体が持つのかしら」と思うこともあります。そんな時々訪れてくる弱気を蹴散らしてくれているのは、「人生意気に感ず！」なんていう格好つけの心意気かもしれません。

8. 楽な道は棘の道

「今年は、6月に税理士法人とコンサル会社、2つの法人を設立します。そして来年の1月1日から斉藤副所長に所長のポストを承継してもらいます。ですから、私にとって事務所トップとして仕事をする最後の年になります。この一年何をすべきか、何をしておくべきかを考えました。一つは、経営目的である経営理念実現に一歩でも二歩でも近づいておくこと。二つ目は、今年度の方針遂行。三つ目は、今年度の目標達成です。皆さんと共に頑張りたい」との話を念頭に致しました。

後継者の副所長には『経営理念』と『ビジョン』の二つは是非、引き継いでもらいたいと伝えています。その上で、私の代で「ここまで到達させておきたい」と思う数値目標があったのですが、残念ながら8割~9割にとどまっています。最後まであきらめずに皆と共に努力し、方針遂行、目標達成できる事務所へとつなげていくのが私の仕事ではないかと思っています。なかなかハードな一年になることを覚悟しての年始です。

閑話休題

数人の方から「じゃあ、来年から中島さんはどうするの。経営者はやめたら、途端にボケてくるよ」とか「経営者を降りたある人は、やることがなく鬱になりかけたよ」とか「やめた後、毎日、写経に励んでいたけど一念発起して大学で勉強しなおすことにした」などなど、ご心配やアドバイスをいただいています。「ちょっと、ゆっくりしたらどうですか」など言って下さる方は一人もおいでになりません。うれしいですねー。さすが経営者（元経営者）です。

「楽な道は棘の道」の言葉をしっかり頭に注入し、2～3年後の完全引退に備えたいと思っている今日この頃です。

あとがき

2018年夏、社会保険労務士試験にチャレンジしました。見事に（?）惨敗です。4月から資格専門学校で勉強を始めたばかりなので、十中八九はダメだろうと思いながらも夏休み返上で勉強いたしました。でも、悲しいですねー。年齢のせいにしてはいけないのですが、暗記力・集中力・持続力の減退には大いに泣かされました。

こんなハズではなかったです。まずは、受験勉強に慣れることからのスタートだったのですから情けない話です。でもご心配なく。こんな状況でもやる気満々です!!

副所長に後を託す税理士法人、今年設立したコンサル会社、私の合格で設立できるはずの社労士法人の3法人で「中小企業経営をトータルにサポートする」事業を完成させることができます。そのことに対する強い思いが背中を押してくれています。

72歳にしてこんなチャレンジをする気になったのは、過去のエッセイを読み返していた時です。この本の第1章1番にあるこんな言葉に再会しました。

財を遺すは下　事業を遺すは中　人を遺すは上なり
されど財をなさずんば事業保ち難く　事業なくんば人育ち難し

30年も経営してきたにもかかわらず、このままでは不完全な状態のまま事業を残してしまうことに気が付いたことがきっかけです。

「楽しく読んでいます」との言葉に励まされ書き続けてきたエッセイですが、これからの事務所経営や私自身の後半生にまで影響を与えてくれていることを今再確認している次第です。

まさに、事務所とともに、私自身とともに歩み続けてきてくれたこのエッセイをこの度本にまとめることができ、感慨ひとしおです。

長きに渡り読み続けて下さっている愛読者の皆様、短い期間に超特急で編集・出版して下さったＪＤＣ出版の皆様、毎月の発行に協力してくれている事務所の皆さんに感謝申し上げます。

二〇一八年　秋　　　　中島幸子

憂患に 生き生き生きる

発行日
2018年11月10日

著　者
中島　幸子

発行者
久保岡宣子

発行所
JDC出版

〒552-0001　大阪市港区波除 6-5-18
TEL.06-6581-2811(代)　FAX.06-6581-2670
E-mail　book@sekitansouko.com
H.P　http://www.sekitansouko.com
郵便振替　00940-8-28280

印刷製本
前田印刷(株)